U0130845

那朵花，那座橋

李黎

目錄

第二部 袋鼠與朱䴉：眞實和虛擬

第三部 魔毯與萬花筒：在地圖之外

第四部　詩與光影：內心世界

【自序】從這朵花、這座橋開始……

花，是始終不知名的花；橋，是特地陪兒子去走一趟的橋。但這本書並不僅只是花與橋的故事。

一個小城裡的一座橋，牽出許許多多其他的地方和文字。從那座日本的橋，到日本的懷舊老電影、黑澤明和小津、小津的故居墓園；到奈良的大唐絲路壁畫，跟隨玄奘的絲路走啊走一路走到了滿天神佛色彩繽紛的印度，鬼斧神工的山崖洞窟裡，竟有依稀似希臘風的天女壁畫，隨著她一路飛到天方夜譚的北非沙漠、飛到歐洲，倫敦的書店巴黎的河；塞納河上的密哈波橋有詩也有小說，那個在越南出生長大的莒哈絲，可曾在橋上看著流水思念她遠方的中國情人？

水上的越南、水畔情人的家，在那裡我終於知道了她的情人的名字和籍貫，湄公河上只有他們邂逅的渡船卻沒有橋；而讓日本小城裡秩父橋的名字傳遍世界的，卻是動畫與動漫迷的少男少女這一代——我的晴兒，在一個不存在地圖上的名叫矽谷的地方生長呼吸，也成了一名少年動漫迷，是他帶我去看那座動畫片裡的橋（他卻不知道比利時漫畫家筆下的「丁丁」在上海有個好朋友）；而整個美國加州矽谷成就了多少傳奇多少動漫動畫迷，簡直就是一個美麗新世界——電腦、科幻、生命科學……；遠在我自己的青少年的六〇年代，那時聽到兩首關於舊金山和聖荷西的美國流行歌，就想像著哪一天也戴朵花走在金門橋上，怎會知道三十年後在這兩個城市的中間住下了，在這美麗新世界幾乎成真的科學與科幻王國裡，我的明兒竟曾游泳在舊金山海灣冰冷的海水中，而岸上作為母親的我卻思索著第三條船和人生的快樂可有法則……

我寫出這些故事，一篇接一篇，天涯海角的地方其實處處相連，環環相扣，如人生的許多時刻與環節，越到後來，越隱隱覺察了其間千絲萬縷的關聯和涵意。

寫出來的好像時空各異，其實盤根錯節，就是一本書。這本書。

同輩中人不乏開始修行者，我嘗笑說自己愛旅行也算修行——都有個「行」字。後來發現寫作也是修行，這可是有憑有據的——不久前才好奇去查《說文解字》，發現「寫」這個字的原意為：去此注彼，寫（瀉）之則「安」（所以部首是寶蓋頭），「我心寫兮，輸其心也」。所以，將心傾注（於紙上），心才安。原來如此！寫了這許多年，竟是「寫了才心安」這麼簡單的道理，卻還是要等到《說文解字》點出來才領悟。而修行，原不就是為著找到心把它安下來嗎？

為什麼寫出來就心安呢？所有不再是眼前當下的事物，都在瞬間化為難以捕捉的記憶。於是這一切都成了「心」的一部分。將心藉著文字傾注於書簡冊頁甚至電子檔，就像勒石銘刻，雖然明知這也不保證時光流逝之後還能存留久遠，但總是把心放在妥當之處了。於是心安了。我曾經何等擔心記憶的消逝，因而求諸文字來凝固保存，卻又擔心文字也脆弱易逝；但現今拜網路之賜，文字一旦上了網，不但不虞消失，甚且到了想毀屍滅跡都辦不到的另一個極端。古時刻在竹簡上的文字或許可以流傳千年，脆弱的紙張就有年限了；至於網上的文字，以為那是無從湮滅的人可曾想過：將來有一天要是沒有了這些機器，不要說上網，就算一張小小的碟片，後世的人也沒法看出讀出那上面刻載了什麼。所以說到最後，連文字也還是脆弱的，短暫的。我們的書寫，其實也無非終將是「笑忘書」吧——笑與忘，莫非也是修行的一個境界？

然而，在遺忘之前，那麼多地方那麼多故事，那麼多紛飛的花朵開闔的書頁，寫字的人，說故事的女人，她們的情人與親人；我的泳渡海灣的明兒、走過長橋的晴兒、那個以朱鸝作為象徵的執著的科學家……那麼多的記憶與故事，當我敘說時便是將心安在了這裡。

當你打開書頁閱讀，便是拾得我心了。

二〇一六年春於美國加州史丹福

第一部

花與橋：現在和過去

平山郁夫與大唐西域壁畫

收藏在奈良藥師寺玄奘三藏院裡，日本畫家平山郁夫的「大唐西域壁畫」系列，每一幅畫右下角的題款日期都是二〇〇〇年十二月三十一日——那年畫家正是七十高齡，歷時三十載、前後數十趟追隨玄奘法師腳步的西域之行，積累了幾百本寫生簿；畫家終於完成了這系列壁畫，獻給新的千禧年，也為他漫長的絲路行旅寫下完美的最後一筆。

壁畫系列一共有十三幅，整座專為這些畫而設的「畫殿」，展示的也就只有這十三幅永久收藏作品。如從正門進入，次序是右手邊開始第一幅，然後右壁兩幅，正中七幅，左壁兩幅，左手邊最後一幅。可是正門平時並不開啟，一般參觀者都是從右側門進，按順序看完後從左側門出。

壁畫分成七個主題，順序是跟隨玄奘西行的路線。第一幅是大唐長安城，現今猶聳立在西安城裡的大雁塔沐浴在金色的日光之中——西元六二九年一個晴朗的秋天，年輕的唐僧從這裡出發，開始了他漫長的取經之旅。接著兩幅是嘉峪關，大唐國土的邊陲，駱駝商旅隊在一望無際的沙漠中竟顯得如此渺小。從此之後三藏法師便踏上了荒漠異域，而他矢志「不東」——取經不成絕不東歸的決心也自此開始。

第四和第五幅畫的是高昌故城遺址。嘉峪關外一千里處，今日新疆吐魯番附近，就是當年繁華昌盛的高昌國都，而今還存在著壯觀的廢墟。玄奘法師在高昌受到優渥的接待，之後就要走上最艱苦的險途：翻越天山山脈、帕米爾高原、喜馬拉雅山。畫家在親身攀登喜馬拉雅山作素描時，決定將這些群山畫成象徵西方淨土的「須彌山」：三幅氣派恢弘的大山，峰頂皚皚的白雪襯著寂靜的碧空，靜穆而莊嚴的聳立在畫殿主壁的正中央。

之後兩幅是阿富汗，主題是「巴米揚石室」，畫裡的巴米揚大佛依然完整而壯麗，正是當年玄奘見到時的模樣；也是畫家在一九六〇年代，旅行到尚未被戰火洗劫的阿富汗時所見。巖洞山壁前的大地上，畫家添上了生機盎然的綠地——這是過去，也是未來，是畫家對文明破壞之後和平再生的希望。

終於，到達印度了。兩幅印度德干高原，土褐色的風景，荒涼的大地，卻是孕育了古老的哲學、宗教與藝術的地方。最後一幅，是玄奘法師萬里行旅的目的地、藏有數百萬卷經典的佛法最高學府——那爛陀寺。在那幅題名為「那爛陀的月光」畫幅裡，月光下，遺址前的路徑上，仔細看會發現一個小小的、模糊的白衣身形。畫家說：那，就是玄奘，也是畫家自身，以及所有尋求救贖的人的身影。

這些畫乍看是寫實的，再看卻有一種超越寫實的空靈意境。更由於畫面的巨大，人站在畫前會覺得似乎可以走進那烈日黃沙或月光廢墟裡去。之前我在網上看過他的作品，也看了日本NHK電視台拍攝的紀錄片《平山郁夫三藏祈願之旅》，追蹤細述他作畫的過程；但親眼直觀色彩筆觸，親身體會四壁十三幅畫的壯觀，現場的經驗還是無可取代的。

看完一遍，捨不得離去又回頭再看，想到這樣的大畫對六七十歲的畫家是體力的挑戰；尤其動人的是：除了以誠謹和慈悲心作畫，平山郁夫還致力於保護世界各地、尤其是中亞和東亞的文化遺產的工作。早在七〇年代，他就捐贈了兩億日圓，成立中國敦煌石窟保護研究基金會。

親身經歷了廣島原爆的無情毀滅，畫家卻以他倖存的餘生，尋得了有情的重建之路，並且決心與玄奘法師一樣，走上他的祈願之旅——畫家用他的畫筆，為這多難的世間重建美，以及希望。

倖存者的救贖

一個日本中學生，十五歲那年的夏天，世上第一顆原子彈在他居住的城市裡爆炸。他親眼目睹了火海中人間地獄的慘狀。奇蹟似的，這個少年竟然活了下來，旋即離開了滿目瘡痍幾成廢墟的廣島，進了東京美術學校學習繪畫。後來他成了一位著名的畫家。

他的名字是平山郁夫。去年年底他以七十九之齡逝世，不算特別長壽，但作為一個原爆倖存者，他覺得十五歲之後的人生都是額外的。如何活這額外的人生呢？他選擇了藝術，而且是和平與慈悲的藝術。作為一個倖存者，他在藝術和佛學中尋得了精神的安慰，苦難的昇華，和心靈的救贖。

一切開始在四十年前，他二十九歲那年。原爆後遺症核輻射致使他患上白血球過少的病，那年減少到常人一半以下，他以為時日無多，希望在死亡來臨之前畫出一幅真正動人的好畫。忽然之間，中國唐代玄奘法師的行跡出現在他腦海，那份為追求真理和眾生救贖的不屈不撓的意志給了他啟示，於是畫出〈佛教傳來〉——兩名僧侶，騎在一白一黑兩匹馬上，遙指前方，美麗的林間有白鳥飛翔，畫中充滿聖潔的詩意。這幅畫讓他成了大名，更是他從此與玄奘結下不解緣的開始。

玄奘法師求道取經的事跡感動了畫家，此後大半生的歲月裡，平山郁夫僕僕風塵於絲路上，追隨那位偉大的先行者的足跡；從中國的西安，敦煌，新疆，翻過帕米爾高原，到中亞，然後印度……不辭辛苦的走了幾十趟，畫下不計其數的寫生素描，回到家中畫室重新再畫，最後成就的大作品是十三幅「大唐西域壁畫」，永久收藏在奈良藥師寺，玄奘三藏院的畫殿裡。

這一系列獻給新世紀的壁畫完成於二〇〇〇年底，十年來展出的時間有限，對於難得去一趟京都的旅人湊巧遇上是要憑機緣的。卻是由於今年奈良在慶祝「平城遷都一三〇〇年」，壁畫全年每天開放，而我今秋正好有機會去京都，有幸得以到奈良親眼看到了。

奈良藥師寺是唐代寺院建築風格，而兩層塔形的玄奘三藏院的匾額上，藍底金字，竟是「不東」兩字——正是，當年法師矢志往西土取經，誓言使命不成絕不東歸。仰望這簡單的兩個字，方有幾分明白畫家所說：年輕時在備受原爆記憶和後遺症折磨的時日裡，玄奘法師的事跡給了他啟發——為了求取解除戰亂中人們悲苦的救贖之道，年輕的法師歷經千辛萬苦，以十幾年的歲月行走在異域旅途，九死一生，並以餘生之年翻譯帶回的經卷。畫家的腦海浮現一千多年前這個身影，決心追隨，從此走上一條溫柔慈悲的求道之路——絲綢之路。

在交通發達的今日循著玄奘的足跡西行，當然不再有當年的艱險；然而大自然的滄

1. 奈良玄奘三藏院外觀。
2. 玄奘法師求道取經的故事感動平山郁夫，其成就的大作品十三幅「大唐西域壁畫」，永久收藏在奈良藥師寺玄奘三藏院畫殿裡。

桑和人為的破壞，也為這條漫漫長路改變了面貌。當年唐僧目睹的繁華國度，而今多處不是被層層黃沙深深掩埋，就是只剩黃土上的廢墟遺址。像新疆的高昌故國，一大片壯觀的斷壁殘垣，其中竟還有佛寺的遺跡。又如阿富汗的巴米揚大佛像，玄奘法師與平山畫家都曾親眼目睹過——雖然畫家三十多年前看到的大佛面部已被削去了一半；而今大佛更是被塔立班的砲火炸毀，僅剩空空的洞穴了。

這些，畫家都親眼目睹了，也都提筆畫下了。他不僅畫出絲路當下的美，也畫出想像中原貌的美；他畫美的流逝與綿延，因為世事皆無常，也因為人們依然在為彼此製造戰亂、破壞與傷害。他畫出了完整的巴米揚大佛像，並且在那片飽受戰火蹂躪的荒瘠土地上畫了一片綠地——對這個殘酷的世界，他依然抱著希望。

二〇一〇年

在奈良抄寫心經

一個秋日，在奈良藥師寺欣賞完平山郁夫的「大唐西域壁畫」出來，同行的日本女友惠子看見畫殿近旁有一間寫經道場：捐獻日幣兩千圓，可以抄寫一篇《般若波羅蜜多心經》。惠子雖是基督徒卻極力慫恿我去寫經，甚至自願擔任書僮替我磨墨。

廳裡燃著香，靜坐抄經的人還不少呢。取了紙筆墨硯和臨摹用的經文，上面是整齊端麗的漢字，我收斂心神開始動筆。一千三百多年前玄奘法師翻譯的無比優美的經句，在我恭謹的一筆一畫下逐字緩緩出現了。書寫中的心情漸趨寧靜愉悅；旅途的奔波勞頓和一整天尋訪名剎古寺的興奮焦灼，在寫下這些字句時皆如水流逝，如冰消融。

在佛寺裡抄經，這是我前所未有過的經驗；而這第一次，竟然不是在中國，不是在西域，不是在印度，而是在奈良。

這次在奈良，格外感受到唐代中華的藝術人文宗教，流傳至今影響依然鮮明。更奇妙的是竟把遙遠的絲路和眼前的京都連在一起了——從前去絲路，無論是陝甘的河西走廊或者新疆的天山南北，感受到的都是面朝西方的交流展望，也是西方東來的交匯與終點站；而每次到京都，則是沉浸在日本精緻優雅的禪意美學裡，從來未曾對這兩處截然不同的地方有過聯想。然而色彩繽紛的廣漠西域，與纖細溫婉的京都奈良，在這安靜的寫經堂裡，在我書寫玄奘法師翻譯的《心經》時，兩種意象竟如裊裊的爐香，悠然結合在一道了。

奈良不僅有紀念玄奘法師和保存展示「大唐西域壁畫」的藥師寺玄奘三藏院，附近還有來自中國的鑑真法師建立的唐招提寺——這位唐代高僧應日本

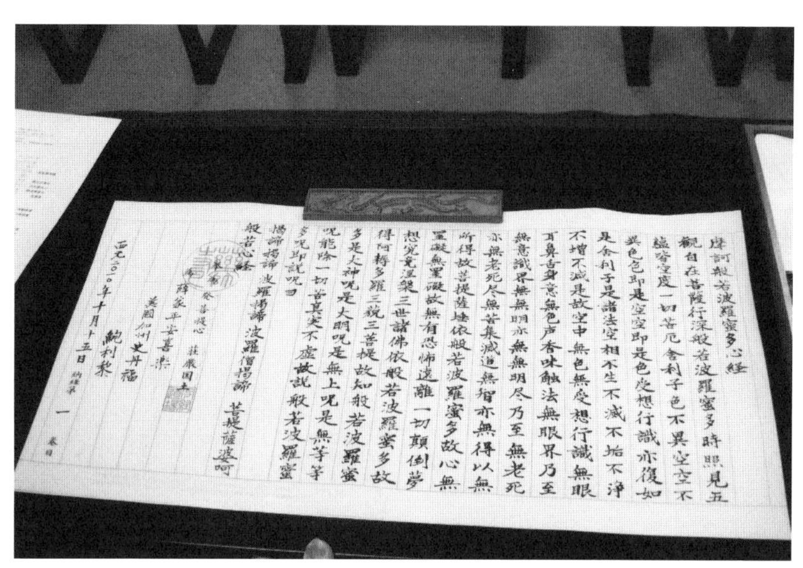

一千三百多年前玄奘法師翻譯的經句，在我恭謹的一筆一畫下逐字緩緩出現。

留學僧的邀請東渡傳法，經過五次失敗，到後來連眼睛都瞎了，還是矢志東行，最後抵達奈良都城時已經六十七歲了。鑑真法師不但為日本帶來佛學經綸典籍，隨行弟子中還有精通技藝的，也將佛教工藝美術一併傳來了。

唐招提寺的「講堂」部分是鑑真法師在世時建造的，在那裡我注意到彌勒如來坐像右側有一尊小小的「增長天立像」，豐滿生動，比起其他塑像更給人一種活潑愉悅的感覺；細看解說，竟然就是隨鑑真和尚東來的唐朝佛工的作品。而寺裡那尊右手臂已斷落的藥師如來佛的立像，是被公認具有西域壁畫的特徵，這在當時的日本佛像是看不到的，因而也有猜測是出自隨行的來自西土的「胡僧」之作。

記得在敦煌莫高窟裡，面對那些精美瑰麗的壁畫，我目眩神迷之際的感動簡直要用「震撼」來形容。到了奈良的法隆寺——世界上最古老的木造建築，我驚訝的發現寺裡的伽藍壁畫，那唐代風格跟敦煌莫高窟裡的竟然如此相像！我甚至聯想到上次去絲路，在新疆和田——玄奘時代稱為于闐的古絲路南北道樞紐，看到荒漠中被流沙掩埋了千餘年，二〇〇三年才被偶然發現的世上最小的佛寺，四壁上那殘缺但依然精美的唐風壁畫，也是一脈相承的。啜飲奈良的一掬清泉，卻發現源頭遠在千里之外。

橫亙在中華大地上，有兩道至今猶存的歷史遺跡：萬里長城和絲綢之路。那高聳的石砌長城的意象是防禦、阻擋、排斥和抗拒；而絲路卻是善意友好的延伸、探索、交流與接納。一千多年來，這條漫長而柔美的絲路，跨越時空，超越了無數人為的障礙與破壞，不僅朝西綿延，也往東舒展。

千餘年後的我，一個渺小的旅人，在絲路的這一端，只能以虔敬的心書寫經文一葉，獻給那些走出這條人類文明史上最偉大的道路的行者們。

無字小津

在日本導演小津安二郎的許多部電影裡，火車經常會出現。電影裡的人乘坐短程的火車通勤，或進城辦事；乘坐長途火車探親，離鄉、歸鄉，尋找人生的下一站；或者哪裡也不去，只是遙望駛過的火車，心中生起遠念……。火車承載著旅行的渴望和鄉愁——劇中人的，觀劇人的，小津自己的。

尋訪小津的舊址故地，乘坐小津電影裡常出現的火車，是再合適不過的了。

從東京銀座新橋站，到神奈川縣的北鎌倉——小津電影常出現的地方和他的長眠之地，乘火車只需時五十分鐘。到站一下車，眼前就出現「北鎌倉驛」這個站牌——《晚春》的頭一個鏡頭。月台的建構基本上還是跟五六十年前電影上相似，只是外頭兩側都有了人家，不再全是繁盛茂密的草木了。那些房舍都還算齊整，家家花木扶疏，圍籬也都費了心思打點，有的籬上攀著朝顏花，心形的葉片被雨露滋潤得翠碧可人。

路上遍地盡是落葉，紅色的楓，金黃的銀杏，落地也依然色澤鮮明。冬雨霏霏，需要撐傘了——這可不是小津的天氣。小津的電影裡天氣多半晴朗，他的影中人總喜歡說：天氣真好啊。連《東京物語》裡那位妻子剛去世的老先生，悄悄離開趕來奔喪的子女圍坐的房間跑到外頭，對著出來尋他的媳婦淡淡地說：天氣好啊。不過這樣陰冷淒清的天氣倒是適合尋訪一位靜寂的藝術家呢。

小津長眠在圓覺寺的墓園裡。這個鎮子小，出了車站走一小段路就到了圓覺寺，卻沒想到是座規模很大的禪寺。雖是冬季，一樹樹的楓葉還是豐茂鮮紅，秋色依然絢麗。找尋墓園倒是走了不少路，待進了偌大的墓園裡就發愁了：梯田似的排列著數不清的大大小小高高低低的墓碑，如何找尋小津呢？

好在陪我同來的女友直子，先前就請託當地友人帶路，預先勘察過，印象是有的，但我倆還是分頭各自找了一會，不多時就見撐著白色雨傘的她在一處高些的坡上喚我過去。

是了，跟在照片和紀錄片裡看見的一樣：石砌的圍欄圈出一方墓地，黑色的墓碑正面只有一個大字：無。真是「無字碑」啊！碑上沒有逝者名姓，只在背後刻一行字：昭和三十九年三月。當是立碑日期，因為小津的逝世年份是一九六三，昭和三十八年。墓碑兩側有兩行淺得難以辯識的文字，後來查出來是「曇華院達道常安居士葬儀香語」等字樣，「達道常安居士」應該就是小津的佛教法號吧。此外根本沒有墓主的姓名。若非同是小津迷的直子引路，這麼大一片墓園，怎生找法？縱使找到了也不大敢確認——不過那個「無」字還是獨一無二的。還有就是在墳墓後頭插了兩根盂蘭祭的木牌，上面有毛筆字寫著「盂蘭盆會為小津家先祖……」字樣。

碑前置供物的石面上竟有鮮花和二瓶酒——一小瓶威士忌，一瓶清酒，和一罐啤酒。四十多年過去了，竟還有人有心，記得導演生前酷愛杯中物。小津不寂寞。

日本的掃墓規矩，應是舀清水徐徐澆在墓碑上——他們凡事都求個乾淨。不過這個細雨霏霏的冬日，墓碑已被雨水沖洗得潔淨無比，不需要我們再做什麼清潔工作了。

對著墓碑上那個大大的「無」字，小津許多電影鏡頭頓時掠過腦海。無，空無。就像他愛用的空鏡頭，也像畫面的留白。像我喜愛而看得熟極的《晚春》，接近結尾時父女結伴出遊，旅行的最後一夜女兒難以成眠，她對親情執著難捨，癡心想望凡事都不要改變，只求相伴父親終老。小津用極為悠長的空鏡頭，幽幽的照著旅社房間那只暗夜裡的花瓶，久久不忍移動。

空鏡，靜物，沒有人物，沒有聲音動作；然而在「無」中出現了一個新的「有」。女兒終於想通了：世事不可能不變，她必須離開父親，出嫁為人妻人母，實現輪迴的人生。

《麥秋》也是我喜歡的，小津提到這部電影時說：「這是比故事更深刻的東西——

1

1. 小津長眠在圓覺寺的墓園裡。

2. 3. 石砌的圍欄圈出一方墓地，黑色墓碑正面只有一個大字：無。真是「無字碑」。無，空無，就像他愛用的空鏡頭，也像畫面留白。

4. 小津的故居大門。

5. 小津的故居近旁有座淨智寺，據說小津更喜愛此寺。

說是輪迴也好，變幻無常也好，就是想描繪些關於這樣的事情罷。」在同一本書《小津論小津》裡，他又說：「有所保留才能令人回味無窮。」他最深知「留白」的效果，「無」中生「有」的哲理吧。

圓覺寺是一座有七百年歷史的臨濟宗禪寺，建於鎌倉幕府時代，開山一世祖竟然是一位中國高僧。其後幾度遭火，四百年前江戶時代始建成今日規模。出了墓園之後不忍就此離開這座禪寺，依依漫步行走，看到不遠處有間茶座，我們便在茶座的棚間坐下，對著雨霧迷濛的山景，捧著一杯抹茶靜靜啜飲。那山景，好似小津的電影外景再現。

北鎌倉街上路小車少，極適合步行。離開圓覺寺再走一段路，就接近小津的故居了。故居近旁有一座淨智寺，也是創建於十三世紀的臨濟宗禪寺，據說小津更喜愛此寺。寺裡亦有墓園，卻不知為什麼他結果沒有葬在那裡。

淨智寺感覺上比圓覺寺更清靜，在這冬日午後簡直不見人蹤。院裡樹多成林，金黃的銀杏葉厚厚鋪了一地，越往後院深處走越形幽靜，走過墓園，近旁時有小小的石窟，佛像群，還有擬人化了的肥胖的石雕狐狸，在綿綿冬雨中氣氛幾乎有些陰森了。我有幾分慶幸小津安葬在高敞明朗的圓覺寺墓園裡。

出了淨智寺走一段長長的上坡路，依然不見人蹤，雖然路邊有住家。這些住家的竹籬笆，好幾處都體貼的挖空，讓院子裡的樹枝能夠伸展出來不必砍斷。這般的敬重自然讓我對這些人家頓生好感。上坡路轉個彎，直子停下步來，站在一個隧道似的洞口前，說：我的朋友告訴我，小津故居就在隧道的那一邊。

可是隧道口被一根竹竿橫腰攔著，旁邊還豎個牌子，上面寫：落石危險，禁止進入。直子守規矩，立即止步，我卻稍作遲疑之後就跨過竹竿走進隧道……

簡直像穿過時光隧道進入桃花源。從短短的隧道終端就看得見正面對著的人家，家門——昔日小津的家門。看不見門牌，應該是山之內 1445 號吧，小津四十九歲那年和母親搬進這裡，直到六十歲辭世。有蓬頂的院門敞開著，圍籬只是幾根橫木，可以看得出前院不小，再後面應當就是房屋，卻被扶疏的花木遮掩住了。這棟住家有左鄰但無右舍，右邊是一條小山徑。門前當然有路可以通車出入，至於這條隧道看來曾經是條小捷徑。我怕打擾人家不敢多留，匆匆拍兩張照片就鑽回隧道。時光隧道帶我回到現在，直子在這端等我。

隧道的彼端，曾經小津與寡母兩人同住在那棟雅靜的屋裡，就像電影裡那些守著寡父或寡母不肯嫁而終於不得不含淚而嫁的女兒。母親死後一年，他便也去了。

我最喜歡的《晚春》，父親和女兒都彼此不捨，然而父親更睿智能捨，原節子飾演的花容月貌的新嫁娘女兒出了家門，老父獨自坐在冷清的小室裡削蘋果，忽然停下，垂首。不捨也得捨，這是人生。電影就此結束。至於《麥秋》，同一個原節子，劇中名字也是同一個「紀子」，過了適婚年齡總也不想嫁，卻決定嫁給亡兄的鰥居好友做續弦；父母親捨不得也得同意，原來的三代同堂七口之家也因她的出嫁而散了。不是什麼大不了的悲劇，卻是生活和生命的本相，因而無論多晴美的好天氣，也難免帶著哀愁了。

其後他屢次重複這個題材。是為了這份情懷，小津就不離開這棟屋子，不離開相依為命的母親？

小津死在六十歲那年，生日忌日同一天，都是十二月十二日。同樣也是終身未婚的原節子自此宣布息影，退出影壇，搬到鎌倉隱居，恢復她的本名，再也不露面，如花的笑靨永成絕響。走在這個小鎮的小街上，我忽發奇想：如果原節子迎面走來，我會認得出她嗎？（啊，我忘了她該已是年近九十的老婦了。）

沒有成家，沒有妻子兒孫，甚至沒有人知道他可有紅顏知己；小津的生命裡，除了電影，還是電影。在電影裡細細描繪那些家人，父母，夫妻，子女，兄妹，好友；家常的生活，吃飯，喝茶，上班，搭火車，嫁娶，分離，老病，死亡。自己隱蔽的現實生活裡，似乎都留白了。

然而留白與實景同樣重要，甚至更重要；「無」與「有」同樣重要，甚至更重要。缺席的人——已經成為「無」的人，在小津的電影裡，在真實世界裡，無形地主宰著這些角色：《東京物語》裡早已在戰時逝世的二兒子，他的遺孀依然溫柔賢惠，給了到東京旅遊的父母最愉快美好的記憶；《晚春》裡的母親早已過世，正由於她的故去才有這對相依為命的父女；《麥秋》裡逝世多年的二哥，讓懷念他的妹妹心儀他的朋友而願意嫁作續弦；《秋日和》裡丈夫已過世好幾年了，留下美麗的遺孀和女兒，才發生一連串的悲喜劇……。這些逝者們才是故事的主角，還在帶領著故事發展；沒有這些無形的他們，就不會有這些故事了。他們的不再存在時時提醒著我們：世事無常。

日本鐵路（JR）為小津百年誕辰製作了一系列廣告短片，用《晚春》和《麥秋》劇中人搭乘從鎌倉到東京的火車片段，以及今天的 JR 火車和車站，今昔對照，配上這樣的話語：「世事變幻無常，亦有不變的事物。」乘坐同是當年的 JR 火車，同樣的路線，同樣的地名，看起來似乎果然有不變的東西。然而物非全是，而人已全非；「不變」只是表相，變幻無常才是永恆的常態。

《小早川家之秋》裡的家族長者逝世，火化之後有人遙望火葬場煙囪冒出的那蓬煙頓生感觸，說了這樣的話：「死了雖就死了，但還是可以再轉世來到人間的。」這是小津藉劇中人之口，說出自己對生死輪迴的信念吧。

「曾經發生，又再重演；世事流逝，有如流水。天底下沒有新鮮事，只是從一種形式換到另一種新的形式罷了。這種變化，若於世間，稱之為生；當轉化其形離去，稱之為死。」（法國詩人龍薩 Pierre de Ronsard 詩句，林麗雲譯。）

兩個東京故事

跟兩部「東京」電影裡提及的兩處地方打照面純屬巧合。原本是要去仙台尋訪俳句詩人松尾芭蕉的「奧之細道」，但聞說附近福島的核子廢水汙染益趨嚴重，便取消了仙台之行，改為去東京附近的熱海。

在熱海一間可以眺望海景的傳統日式旅店住下，忽然想起小津安二郎最經典的電影《東京物語》：一對老夫妻從家鄉遠道來東京探望子女，幾天下來，子女都忙於生計無法陪伴出遊，二老擠在狹小的家裡也不免礙手礙腳，於是湊分子出錢請父母親到熱海享受兩晚。可是老兩口不習慣「度假」，熱海溫泉旅館裡鄰室的年輕人客吵鬧了一夜令他倆無法入睡；白天呆坐在海邊百無聊賴，又出於好意想替子女省錢，於是決定提前一天回東京。不料早歸非但沒有帶給子女驚喜，反而使得另有安排的子女措手不及，當晚二老差點變成無家可歸的街友。

還好我們來時是淡季週日，旅店安靜無人。從旅館陽台眺望平靜的海面，只要不多想此地與福島的距離其實並不那麼遠，就可以安心地比電影裡的平山老夫婦多住些時日。

熱海之後來到橫濱，快到入住的酒店時，一眼看到不遠處港邊遊樂園裡高大的摩天轉輪，心想真巧——這不就是出現在《東京家族》電影裡的那個摩天輪嗎？

《東京物語》在一九五三年上映，六十年後，拍過《寅次郎》系列和武士三部曲的「庶民導演」山田洋次，重拍了東京故事今日版《東京家族》向小津大師致敬。在二〇一三年的新版裡，平山老夫妻沒有再去熱海（山田導演在一篇訪問裡說道，現在熱海的傳統旅店這麼吵鬧是不太可能的了），而是被子女送到橫濱五星級洋式酒店去。二老在洋旅店裡更是無所適從，只得坐在床邊地上，呆望客房大窗外的摩天轉輪。那個緩緩轉個不停的巨輪，到了夜裡閃閃發光不免刺眼，老先生卻又捨不得拉上窗簾，說「這樣的景色也難得看到」。深夜財大氣粗的中國人客在走廊大聲叫嚷，二老輾轉難眠，第二天把房間收拾齊整，提前回到東京，結果當然又是令兒女為難……

其實平山夫婦的兒女們絕對說不上不孝，只是大都市裡討生活不易，擠不出時間陪伴父母——豈止是父母，夫妻子女也皆如此，原就是無可奈何之事。心懷愧疚的子女湊錢送父母親去熱海旅店或橫濱大酒店「度假」也是好意（新版裡的女兒甚至用羨慕的口吻說：我要是有時間，也想去橫濱的大酒店住上兩天哪！），但是對於遠道而來探親的父母，要的不是二人世界度假村，而是骨肉相聚的時光。所以老母親覺得她在東京最愉快的一晚，小津版裡是與守寡的兒媳婦（二老的次子死於戰場）、山田版裡是與「沒出息」的小兒子共度的；雖然在狹小簡陋的居室裡，雖然婆媳有過感傷對泣的時刻，但那種不待言說的貼近與溫馨，交織著細細的哀愁與淡淡的無奈，才是實實在在的人生啊！

兩個東京故事裡都有受傷的心靈——戰爭之傷，災變之傷。小津版裡的人物，戰爭的重創猶新尚未癒合；山田版裡觸及的則是電影開拍前不久發生的海嘯與核災，甚至藉平山祭弔老友帶出戰爭年代的亡者。（山田洋次的反戰立場，從他二〇〇八年的作品《母親》裡就清楚的看得出。「母親」這個角色的丈夫是一位學者，在太平洋戰爭前夕因為反戰而入獄，備受折磨至死；留下「母親」含辛茹苦撫養兩個幼女，而唯一關心照顧母女三人的年輕人也死於戰爭。）

從我們房間的窗戶倒是看不到摩天轉輪或者遊樂場的燈火，走廊上也沒有客人喧譁，但我們知道福島的核電廠還在源源不絕排出數量驚人的汙染廢水；也隱隱覺知戰爭的幽靈並沒有遠去，而且復活的跡象就像早年日本「怪獸」電影裡那樣，從陰蟄潛伏到逐漸詭譎現形……。從一九五三到二〇一三，一代又一代單純善良的平山夫婦，目睹他們的至親好友在歷史時空的悲劇中逝去或老去，讓他們只能在傷痛中悼念，無濟於事也無能為力。

二〇一三年十月十四日於美國加州史丹福

紅色的富士山

銀幕上是大災難臨頭的場景：無數驚慌哭號的人，扛著箱籠倉皇奔逃；隨著天崩地裂的巨響，下一個鏡頭出現的是正在爆炸的沖天火柱，烈焰映照出巍峨的富士山的形狀，爆炸不斷持續著，富士山漸漸變成火紅色，如一塊巨大無比而即將融化傾頹的火炭……

這是什麼？東京大地震的紀錄片嗎？

銀幕上的年輕男人，問一個蹲在路邊安撫著嚇哭的小孩的女人：「發生了什麼事？富士山爆發了嗎？」女人的回答更令人吃驚：「是核子發電廠的原子反應爐爆炸了！」旁邊一個穿著西裝、像是公司職員的中年男子說：「那個核電廠有六座反應爐，一座接一座爆炸了！」

核電廠反應爐爆炸？難道是不久前的日本大災難已經拍成電影了？怎會這麼快？

不，這是日本導演黑澤明早在二十一年前拍的電影《夢》其中的一段，〈紅色富士山〉的開頭。

電影裡一片世界末日的慘象，成千上萬的人爭先恐後逃生，「可是，」西裝男子搖頭說：「日本太小了，根本沒有地方可逃。」爆炸更頻密更逼近了，富士山已經紅得透明，似乎隨時也會爆發……

最後只剩這三個大人兩個小孩來到海邊，海灘上雜物狼藉，逃難的人群卻不見蹤影。「那麼多人都到哪裡去了？」年輕男子問。中年男人指著大海說：「都沉入海底了……看，連海豚都在逃命！」

女人羨慕地說：「海豚好幸運，可以游走。」

「沒有用的，」中年男子冷笑道：「核輻射把海水也汙染了。」他指著從遠處逐漸飄來的彩色煙霧說，那些都是加了顏色的核子輻射毒氣：紅色的鈽 239，吸入一千萬分之一公克就會致癌；黃色的化學元素鍶 90，侵入骨髓會造成白血病；紫色的銫 137 會導致遺傳基因突變，生下畸形怪胎……。人類真是愚蠢啊，他感歎：如此自取滅亡！

年輕男子抱著一絲希望問：即使中毒也不會立刻死吧？中年男人沉痛地說：與其緩慢痛苦的死亡，還不如痛快的了斷。」母親傷心憤怒地哭喊：「孩子無辜，他們還來不及生活就要死去，太不公平了。……當初那些人說核子發電廠很安全的，不會有危險意外，原來全是騙人！說那些話的人應該被吊死！」

西裝男人說：「核輻射也不會放過那些人的。」忽然，他深深一鞠躬，承認自己就是一個該被吊死的人。道歉之後，他也轉身投海了。

這時，濃厚的紅色毒霧飄過來，滾滾紅塵籠罩住徒然拚命掙扎的年輕人，和無助的孩子與母親……

拍攝這部電影時黑澤明已屆八十高齡。他親自撰寫劇本，描述自己一生裡最難忘的八個夢。八段夢境的故事似乎自成片段互不相干，細想其實是有主題關連的。二十年前我第一次看時印象最深的一段是充滿反戰意味的〈隧道〉：從陰森的隧道裡走出來一隊不知自己已經陣亡了的士兵，面色是死屍的灰白卻兀自整齊列隊喊口令踏步走，道盡戰爭的殘酷與愚昧。

還有就是〈烏鴉〉，酷愛藝術的導演在夢中走進梵谷瑰麗的圖畫世界，美得令人目眩神迷；夢中的梵谷已經發瘋割掉了耳朵，卻還是拚命畫畫，畫面活了起來，成群的烏鴉飛過金色的麥田，藝術家也即將走完他短暫的人生……

日本海嘯引發核電廠災難之後，我想起《夢》這部電影，找到影碟重看〈紅色富士山〉那段，不禁驚歎黑澤明怎會在二十年前就如此準確的預言了這場災難浩劫？可見核電廠在當時已是令人擔憂的議題了。拍攝過像《紅鬍子》、《天國與地獄》這樣充滿人道關懷和社會意識電影的黑澤明，到了晚年還是未改初衷，用了如此驚心動魄的電影畫面來警世，然而當時並沒有多少人當真。

彷彿這還不夠，緊接著〈紅色富士山〉之後還有一段夢魘〈哭泣的惡魔〉：核武器的輻射汙染使得世間鳥獸絕跡，植物長成巨大醜陋的變種，人類變成了頭上長角、彼此互相殺戮吞噬的惡魔，永世在酷烈的痛苦中哭泣哀嚎。這竟比核子反應爐爆炸還更慘烈千萬倍了：連投海了斷都無可能，而是活在永無止境的無間地獄中。

幸好這部電影的最後一夢是撫平人心的〈水車村〉：傍水的美麗村莊裡，處處可見利用自然水力操作的水車，居民過著簡單純樸的日子，無論老少都善良親切，生活中沒有怨怒愁苦，即使死亡也不可怕——結尾正是一場溫馨的喪禮，村民們以歡快的歌舞，吹吹打打為一位老婆婆送行。

在那些逼真可怖的夢魘之後，人類放下貪婪和愚昧，返回自然歸真返璞，才是唯一的救贖之道吧——已經去世十多年的黑澤明，給災難深重的世間留下了這樣的信息。

二〇一一年六月

那朵花，那座橋

花，是一朵還不知道名字的花；橋，是一個異國小城邊上，一座並不著名的橋。

剛念完大一的晴兒，高中最後兩年開始打暑期工，算算已經連著三個暑假都沒有閒著。今夏在矽谷一家導航儀器公司工作，雖是實習生可還是領薪水的，讓他頗有成就感。作為嘉獎兼慰勞，爸爸媽媽決定去日本公務旅行時把他帶上，時段正好是他打工完畢、開學之前的兩個星期。

晴兒小時候去過日本，但記憶裡的印象已經不深了，而且跟著大人走，對地方景點更是毫無概念。這次決定讓他也有些發言權——何況他在高中修過幾年日文，雖然從未聽到他開口應用，但說不定緊急時刻也能派上用場呢，於是問他想看些什麼地方？出乎爸爸媽媽意料之外的，他說：東京附近有一處地方，有一座橋，想去看看。

看橋！這可是媽媽長久以來的興趣，而他從來就沒有對媽媽的興趣表示過興趣。這是怎麼回事？

他有些靦腆地，又有點故作漫不經意地說：是一個日本動漫電視影集，用了一個東京附近的小城作故事發生的地點，片頭是一座橋，裡面的人物也經常在橋上活動。他想看看那座橋真實的模樣。

媽媽問他可知道那個小城和橋叫什麼名字？他找出兩個漢字：「秩父」。是地名，也是橋名。對日本地理還算得上熟悉的媽媽說：從來沒聽過這個地方呢。GOOGLE 一下，屬於一個也是沒聽說過的埼玉縣，距離東京市區不算很近。

跟當今很多美國青少年一樣，晴兒從高中後期也迷上日本動漫。而媽媽對日本動漫僅有的知識來源和喜好只有一個：宮崎駿。可是這位漫畫家的作品題材和風格多半帶著濃厚的歐洲風味，而生長在美國的晴兒最喜歡的動漫竟然並非宮崎駿那一路，卻是些非常日本風格、完全是現代日式生活的題材。這就使得媽媽感到好奇：那些日本動漫說的是什麼故事，吸引了這些文化語言迴異的少年？

於是晴兒為媽媽下載了一部十一集的動漫連續劇，名字很奇怪，很長，翻譯成中文是「我們仍未知道那天所看見的那朵花的名字」（あの日見た花の名前を僕達はまだ知らない）；不過也有簡稱，就是「那朵花」（あの花）。

兒子願意讓媽媽一窺他只和同齡朋友分享的嗜好，甚至有興趣想要知道媽媽對這部動漫的意見，令媽媽簡直有些受寵若驚。平日總覺得連續劇太花時間而很少沉浸其中的媽媽，一方面為了討好兒子，同時也好奇是什麼因素吸引了這些少年，於是斷斷續續砸下了幾個小時，看完了生平第一部動漫連續劇——當然，有不少片段是快速跳著看的，不過媽媽沒敢跟兒子坦白。

看到最後的完結篇時，媽媽隱約有點懂得了。

一開始出現的是個邋遢頹唐的男孩，名叫仁太。他該上高中了，可是不去上學卻躲在家裡打電玩；他曾經有過一群好朋友，還是其中意氣風發的領頭，可是現在大家已經疏遠，有的甚至瞧他不起、不相往來了。有一天出現了一樁怪事：一個曾經是他那群好友中最可愛的、幾年前卻因意外而去世了的女孩，忽然出現在他身邊——當然，她是個鬼魂，因為她確實已經死了，而現在只有仁太看得見她。這個女孩子（好友們當年都稱她的綽號「面麻」，就是日本拉麵裡的筍乾）也長得跟仁太一樣大了，但衣著神態和可愛善良依然跟當年沒有兩樣。她的忽然出現倒不是為了嚇人，而是希望在投胎轉世之前完成一樁心願……

於是十一集的劇情就此展開：五個昔日夥伴，各自帶著喪友的創痛和負疚孤獨成長，刻意與老友冷淡疏離，同時穿插昔年女孩未死之前，這六名好友（三男三女）小時候的種種往事；時而活潑幽默、時而溫柔憂傷的調子，配著柔美而寫實的背景畫面（都是埼玉縣秩父市這個地方的實景），生動地（也不免帶著動漫的誇張）描繪了這幾名少年，在看似冰冷叛逆的外表之下，他們柔軟受傷的心靈，如何被一個善良的故友的鬼魂癒合。最後在「面麻」將要永遠告別之際，他們為她圓滿了她的心願：大家振作起來，重新繼續做永遠的好朋友。

看完了《那朵花》，媽媽對晴兒說：好，我們去秩父市，去看那座橋，還有那群好朋友碰頭聚會的小廟「定林寺」，還要吃一碗有「面麻」的拉麵……。晴兒說：最後一項可以免了，我不喜歡筍乾。

母子倆住在東京的新宿，需要先搭地鐵去池袋，再從那裡搭乘火車去秩父，至於到了秩父下了車，怎麼找橋找寺還沒概念……不管了，到了再說吧，反正媽媽會認漢字，晴兒會問路，母子倆應該不至於迷路丟人。

雖然是停站很少的特快車，還是走了將近一個半小時；最後一段好像是反方向上山，估計這個地方的地勢很有些高度呢。出了秩父西武站，一眼就看到對街的「秩父觀光情報館」，進去發現不僅資料齊全，還有中英文的地圖和城市介紹。最令晴兒驚喜的

1. 狹長的花圃是以劇名命名。
2. 磚石牆和牆前藍色長凳是「仁太的凳子」。
3. 定林寺是劇中主角好友們碰頭聚會的小廟。
4. 秩父新橋為一座有八十年歷史的斜張式公路橋，汽車可通行。劇中片頭都是這個景點。
5. 「面麻」成為當地的觀光親善大使。

4

めんまのお願い!!
めんまの真似をして
欄干の上に立っちゃだめだよ
(C)ANOHANA PROJECT
秩父アニメツーリズム実行委員会・秩父警察署
秩父警察署・
5

是竟然也有《那朵花》連續劇的景點地圖，詳細列出影片各集裡的實際地點。母子倆研究了一下，秩父市雖不大但也不是小到可以僅靠步行的，最好是搭公車。櫃檯後面的服務人員十分熱忱，用生硬的英語指點他們到哪裡搭車、在哪些站下車。

母子倆上了公車，按圖索驥，看到「札所十七番」的路牌便按鈴下了車，逢人便問「定林寺」在哪，卻沒有一個人說得準。在秋老虎中午酷熱的太陽下走了不少冤枉路，兩人滿頭大汗幾乎要放棄了，忽然看見一堵眼熟的磚石牆和牆前一張眼熟的藍色長凳，母子不約而同的說：「仁太的凳子！」然後出現了一個狹長的花圃，小小的牌子上註明是《那朵花》的花園，那麼這一帶正是定林寺前的那片斜坡地，猜想定林寺應該不遠了。果然，彎進一條小路下行不久就看到了那座樸素的小寺廟，跟影片裡一模一樣，熟悉到好像曾經來過似的。然而這裡是那些孩子們聚會商量事情的地方，台階前卻沒有坐著站著的孩子，沒有他們的話聲笑語……太安靜了，令他們漸漸感到有些不像了。

媽媽和晴兒繞到後面，那兒有間小小的鋪子，一個老人家文風不動的坐在裡面。鋪子裡陳列著一般寺廟都有的吉祥符、小掛件什麼的，還有別的寺廟絕對沒有的——《那朵花》的小紀念品。媽媽挑了一塊祈願木牌，上面畫的「面麻」睜著大眼睛，俏皮地微笑著。

回到大路上等了不多久就來了一部公車，上車後跟司機指著秩父橋的圖片，司機點點頭。到了橋前發現根本不必打招呼，那座就跟影片上的圖像一模一樣的橋，怎樣也不會錯過的。

走上橋才發現這是一座可通汽車的「斜張式」公路橋，有著雖不高但很顯眼的橋塔和鋼索，而專供步行的舊秩父橋就在旁邊。母子倆走上舊橋，看碑文才知道原來是一座頗有歷史的老橋，最早的橋基建於明治年代，曾是早年「江戶巡禮古道」的通路；現在這座已是第二代橋，有八十多年歷史了。欄杆和橋身都很美麗，不到一人高的橋柱上立著古雅的燈籠式的路燈，橋面鋪著紅磚，還有花壇和日式園林裡的觀賞石，襯著背後新橋的橋柱和鋼索，很上鏡頭。難怪《那朵花》的片頭都用這個景點，六個小孩在這裡奔跑歡唱……

憑著橋欄眺望，母子都很安靜，也許都在想著劇中同樣的景象，想著那幾個子虛烏有、然而是多麼活潑可愛的孩子，三個男孩三個女孩，都有各自的個性、各自的優點和缺點，像世間任何一個孩子一樣……不，有不一樣的，至少，其中的一個——

早逝的孩子。

晴兒是個幸運的孩子，他從出生到現在上了大學，都住在同一個小城同一棟房子裡，所以他的朋友中有從幼兒園時代就交上的。小時他兩個最要好的小朋友，都是有著藍灰色眼睛的小男孩，一個叫威廉，一個叫艾里克。他幼稚園那年就跟威廉同班，一直到高中都同校；艾里克則是小二開始同班的，課後又都在同一個安親班裡；加上住得近，媽媽們後來也都熟了變成好朋友。學校有什麼活動常常是三個媽媽輪流開車，帶著自己的一個然後去接另外兩個；我腦海裡至今還會浮現小威廉在他家窗口熱切的等待著我的車開近然後飛奔出來，就算幾個小時前才見過面，三個小男孩在後座還是又嚷又笑的興奮莫名。媽媽們親暱地稱他們「三隻小猴子」。

小猴子會長大，有了各自的性格和興趣，雖然在媽媽的記憶和印象中他們還是親密無間的好朋友，其實成長已經緩緩地、漸漸地把他們疏遠分隔了——他們自己一定知道，只是媽媽們無法意識到。三五年的時間對中年的媽媽似乎短暫迅速，除了孩子的身高之外幾乎難以覺察其他世事的變化，然而對他們卻是一段夠長的成長歲月，長到足以把孩子變成一個完全不一樣的陌生人。

漸漸的，晴兒有了自己的興趣自己的朋友，跟威廉雖然還在同一個游泳校隊裡，但媽媽注意到即使練習完了同車回家，也不再像從前那樣大聲說笑，而只是像普通朋友那樣淡淡交談，更不會留下來一道玩了。他跟艾里克原先組了一個小樂隊，可是因為兩人對歌曲的選擇和品味不同，也漸漸不再一同練琴了。媽媽們還是常約了一道喝個咖啡或者吃個午餐，慢慢習慣了孩子不再黏在身旁的日子，但話題總還是會帶回到各自的兒子的近況：長得高壯英俊的威廉很有女孩緣；艾里克又組了一個樂團叫「黑天鵝」，等等。其實這些我都聽晴兒提過，雖然他們不再玩在一起，但到底還是在一個校園裡，又有許多共同的朋友，並非完全生分的。

事情發生在晴兒高三那年。剛開學一個月，那個秋天的早上，晴兒才搭上去學校的校車，我在家中接到艾里克媽媽的電話：威廉出事了。

我一直很難回想描述那個早晨。記得我立即撥了晴兒的手機，告訴他：他很快就會聽到威廉的事，但媽媽要做第一個告訴他這個消息的人，讓他有些心理準備。這樣可怕的消息，從媽媽的口中聽到，可能不會像從其他人聽到那樣殘酷。

威廉自殺了。前一個夜晚的深夜時分，在學校附近的火車平交道上。他是在家人都睡下之後，偷偷潛出家門，騎上腳踏車去到平交道的。他把車停在路旁，然後躺臥在鐵軌上，靜靜等候末班火車疾駛而來……

那天上午我去威廉的家。在那天之前，我以為自己多少知道如何安慰喪子的父母親，但那天面對威廉的父母親，我竟然無言以對了。我不知道世間有沒有更難以回答的問題——當做父母親的被問到：「你們的孩子為什麼自殺？」威廉的爸媽只能說實話：「我們不知道。」最最難回答的問題是那些沒有問出口的、但顯然是人們一定想問的：「真的嗎？怎麼可能？你們到底是什麼樣的父母親啊？」當然沒有人忍心當面問出那樣的話，但猜測和耳語具有同樣的殺傷力。威廉的爸媽在遍體鱗傷的時候還是希望知道：為什麼？誰都知道威廉生長在一個快樂和睦的家庭：樂天的爸爸、隨和的媽媽、伶俐的妹妹，夏天時一家人開著休旅車出門露營，冬天到夏威夷的度假屋過節，星期天上教堂……到底是為什麼呢？合理的推測不外是青少年的憂鬱症，但威廉從小就是個過動兒，調皮搗怪，難以相信他有憂鬱的一面。對於其他的妄測，艾里克總是激動地為朋友澄清，說他知道威廉，絕對不是嗑藥的孩子！

我知道世間沒有能夠安慰這對父母親的話語，所以我只是常去探望他們，聽他們說話——如果他們想說。我總是帶一大盤叉燒蛋炒飯去，因為威廉喜歡，威廉的妹妹也喜歡。我靜靜陪威廉的媽媽坐著，客廳桌上放著威廉的照片，從小到大，在「三隻小猴子」那張裡，威廉瞇著他藍色的眼珠子笑得多麼開心……

威廉的追思禮拜那天我在國外，晴兒自己去了。後來威廉媽媽告訴我：她給了小朋友們每人一張卡片請他們寫幾句話給威廉，結果晴兒密密麻麻寫滿了卡片的兩面……晴兒從來就不是個擅於用文字或語言表達感情、尤其是深沉而難以啟口的感情的少年。當我讀著那些話語——那些對童年美好的回憶，對多年好友的深情與讚美，對成長的惶惑，對生活和生命種種疑問的無解，對朋友不告而別的不捨與哀傷……我急切的讀著又不忍卒讀。我原以為他們已經不再是好友，也許震撼和傷害不會那麼深……我竟然大錯特錯了。

高三那年是困難的一年，課業繁重，要開始準備申請大學，而晴兒和艾里克就在那年首次經歷著他們從出生以來最困難的時日。媽媽在旁邊只能暗暗心疼卻使不上力，孩子像緊閉的蚌殼，痛苦無從宣泄，每當媽媽試著小心翼翼的提到威廉卻總是碰上一堵沉默的牆壁。晴兒和艾里克再也不玩在一起了，有時我開車經過威廉家那條小街，恍惚覺得三隻小猴子還擠在後座說笑，但我知道那些情景正如他們永不返回的童年一樣：永遠不再。

永遠不再的童年，秩父舊橋上，六個天真活潑的孩子在奔跑；然後，下一個瞬間，時光已經流轉，五個各懷心事的少年緩緩走過，後面靜靜跟著一個永遠不再的女孩的鬼魂。

媽媽對晴兒說：很美的橋，我喜歡。晴兒笑了笑。媽媽注意到橋那端有個小餐館，名字很雅，叫「見晴亭」。媽媽說：你看，這橋也跟你有緣，你的名字都在橋端呢。晴兒又笑笑。

「還想看別的地方嗎？」走回大路，媽媽問晴兒。

「不必了。」晴兒說，「我已經看到我想看的了。」

媽媽輕輕地說：「我想，我知道你為什麼要看這座橋了。」

「我想妳是知道的。」晴兒說。

他們上了開往火車站的公車。車子經過一條熱鬧的市街，路邊掛著許多彩色繽紛的旗招，大眼睛的「面麻」在花叢中開心地笑着，她已經成為當地的觀光親善大使了，秩父市因為那朵花和面麻而聞名；聽說《那朵花》已經改編成兩小時的動畫電影，二〇一三年就會上映，到那時秩父會更有名，動漫迷會從全國各地遠道而來——不過像這對來自美國的母子大概還是不會太多吧。媽媽看看兒子，兒子看著窗外。

到了車站，正好十分鐘之後有一班快車去東京。坐在車上，媽媽想起來，說：電視劇裡，那兩個後來上了好學校需要通學的孩子，不就是坐這班車嗎？晴兒說：嗳，是啊。媽媽取出相機檢視今天一路拍的照片，看到拍得好的就遞給晴兒看，晴兒對他自己的影像只是淡淡的一瞥，只有對橋的那張多凝視了片刻。

媽媽想：他來了，看見了，記住了；沒有留下什麼也不用帶走什麼。

車窗外的風景飛也似的掠過，童年在身後，成年在未來，這段哀樂少年歲月裡，有些朋友沒有能夠一道走下去，就像有些花朵沒有來得及知道名字，有的橋沒有能夠一同跨越……成長就是學會用自己的方式去紀念，去療傷，去繼續走。晴兒以後人生漫長的路，媽媽最多只能陪他走到橋頭，目送他跨過，一座橋，又一座橋。

情人的家

情人的家面對著一條河。來自水上的南國的氣息，穿過這座典麗的磚石宅第的前院，穿過歐洲風韻的拱門，把四季的微風吹進雕梁畫棟的中國式大廳裡。大門前的河岸邊，有一排搭著布篷賣水果的攤販，河上有運載魚鮮和乾貨的小船，對岸遙遙可見一口口醃製魚露的褚色大瓦缸。沿著河往東北方向過去，在跨河大橋還沒有興建起來的年代，人們在那兒搭乘過河的渡輪，通向對岸的西貢。

這條河叫湄公河，這個地方叫沙瀝，距離西貢一百四十公里。

就是在那艘渡輪上，她和她的中國情人相遇。那年她還不到十六歲，他二十七。

衣著講究的中國青年從他的黑色轎車走出來，走到憑著船舷眺望江景的小女孩身邊。他倆有一搭沒一搭的交談著。他告訴小女孩，他的家就是那棟「河邊的大房子，陽台上有藍瓷欄杆」的。他形容那種顏色是「明亮的中國藍」。

然而當我來到這裡，在一個冬天的日午，我眼睛裡看見的欄杆，那藍色已經消退成一種淡淡的影子，近於白但不能算白色了，幾十年風吹雨打下來呈現的其實已近灰色，奇怪的是反而有一種陳舊的美，不是來自顏色，而是顏色消逝後遺下的歲月的影子。

這是一棟風格奇特的房子。門面猛一看是歐洲文藝復興式的，一排大大小小五個拱門。再看一眼後上方，卻會發現中國南方廟宇式的飛檐和裝飾。進了門就是濃烈的中國風味了，而且是南中國的。不過地上鋪的瓷磚卻是從法國運來的。大門上方的匾額題的是興建這棟屋宅的主人的姓名。進入大堂，迎面的神案上方供著關公畫像，鬚髯飄逸；兩側的聯語顯示主人求的是財與福。神案雕琢得金碧輝煌，一路往上延伸跟雕梁畫棟連成了一氣——事實上這整座房子的梁柱和門扉都是不厭其煩的雕琢，塗金，漆紅，連幾件碩果僅存的家具也是繁複地嵌鑲了螺鈿的紅木。

第二進的小廳正中間一張大煙榻，當年住人的時候當然不會擺在這麼顯眼的地方。煙榻細緻嵌鑲的螺鈿十之八九都已經被挖掉了。據說這家人全都出國以後，屋裡值錢些的東西都被住附近的人進來搬走了。小廳兩旁各有一間小廂房，房裡放兩張單人床，供給想在這裡過夜的旅客留宿，一晚三十美元。

第三進更小，兩旁也各有一間小廂房，堆放雜物。後院曾經有車庫和廚房，兩側也有些房間，現在都被拆除，原有的果園也早已不存在了。從私人住宅變成公家機關又變為文化景點，內部的改變是無可避免的吧。然而這棟屋子竟不是如我原先以為的那麼豪奢氣派，只是看得出當年建工的精緻和華麗。我完全無法想像情人住在這棟房子裡，在裡面走動，睡覺，吃喝，思念。我看不見他的身影，這裡似乎沒有一處地方容得下他。這棟建築只剩下一副供給遊客觀賞憑弔的外觀而已了。

小女孩從未來過他的家。她一定經過，也遠遠從河上看見過，這棟當年還是藍色的中西合璧的宅第。他也並不喜歡自己這個家，他懷念巴黎，少年時在那裡讀書的日子。然而他還是在這裡娶妻生子。時局動盪的年代裡，他時而遠居海外時而回到這裡暫住，最後卻是死在這裡，像一份宿命。

他是一九七二年去世的，正好七十歲。那時他的妻子兒女都已定居海外，他死後再沒有家人要這棟房子，於是被當地政府收下，用來作警察局的辦公處。一九九一年法國導演 **Jean-Jacques Annaud** 來西貢拍攝電影《情人》，還無法進入這棟房子，只好借用河對岸另外一棟宅第，拍攝情人回家見父親的那場戲。

大堂兩側的牆壁上掛著好些幅黑白舊照片。右側是她，左側是他。

小女孩後來成為法國名作家瑪格麗特．莒哈絲。牆上是她年輕時和年老時的照片：

小時在越南的全家合影，少女瑪格麗特，以及成名後大家熟悉的莒哈絲那張滄桑的面孔。更少不了的是電影《情人》的劇照，男女主角梁家輝和珍．瑪琪；文字的，圖像的，全都試著建構出一個曾經存在的人——那個在越南說法語的中國情人。

另一面牆上，遙遙相對，照片裡全是東方人，沒有電影劇照，全是真實人生。相片裡的男人是這棟房子的少主，他的單人照，生活照，與新婚妻子的合照，與妻子和五個孩子的全家福合影，在國外，在海邊……

他實在說不上是個英俊的男人，尤其在對面牆上梁家輝的劇照相形之下。但他有一份富家公子的閒適氣派。可是在小女孩的眼中和書寫中，這個男人總是緊張的，柔弱的，羞怯的，甚至憂傷的。或許他那時還太年輕。他們後來都長大了，變老了，卻為對方凝固了這一段湄公河上的時光和記憶。

這棟舊居是他的兒子在二〇〇六年返鄉時收回來的。然後就修整成了一處「文化遺跡」，作為景點開放給遊客參觀。牆上家人的照片都是這個兒子捐贈的。

來這裡參觀的幾乎清一色都是法國人。說法文的講解員對著幾位法國遊客，指著牆上莒哈絲的照片比劃著，滔滔不絕。我這唯一的東方人在這裡竟顯得有些稀罕，一位只會說越南話的年輕姑娘負責為我講解。她親切地端上茶和糖漬薑片，我們坐在掛著情人照片的這面牆下，啜著清茶，輕輕小口咬著又甜又辣的糖薑。南國十二月天的日午竟還有些燠熱，從河上吹進廳堂來的微風令人感到清爽舒適。姑娘像閒話家常般對我述說這棟房子的故事，回答我好奇的詢問，我的導遊盡責地為我倆翻譯。

我的華語導遊從未聽說過這麼一處地方。來這裡是我臨時要求增加的節目。他沒有聽說過《情人》這本書，也沒有看過這部電影——在越南是禁演的，因為裡面的性愛鏡頭。姑娘卻說她看過影碟，還從架子上取下一本法文的電影專輯給我們翻閱。封面上除了片名 *L'Amant*，還有兩個紅色的漢字：情人。

廳堂角落裡有一架老式的手搖留聲機，上面還有一張黑膠唱片。這是房子裡唯一的一件器物，我可以想像他在這裡逗留時曾用到的。

在西貢——我總是不能習慣稱那裡為胡志明市——我住的酒店就在昔日稱為堤岸的地方，華人聚居的第五區。許多年以前，情人在這一帶有一間公寓。炎熱的下午，他帶她去到那裡，臥室的百葉窗關著，棉布窗簾放下來，房間裡很幽暗。街道上的喧囂——行人大聲說著中國話，木屐的腳步聲，電車的噪音，燒烤食物的氣味，灰塵味，茉莉花香……全被攔在窗外。幾十年下來這一切似乎沒有多少改變。整個城市在百葉窗的木窗欞外面，他倆在房裡，探索彼此年輕的身體和靈魂，相愛，成為彼此的情人。她始終記得，她的情人皮膚細膩柔滑，身上有英國菸草、法國香水和中國絲綢的氣味。

1

1-3.「情人」和他的中國妻子、兒女，以及故居。

4. 巴洛克式的門廊，掛著中國式的紅燈籠。
5. 煙榻上嵌鑲的螺鈿都被挖空了。
6.「情人」可能曾經用這架留聲機聽唱片。
7. 一進門完全是中式的雕琢和家具。

離開她的情人回到法國時她十七歲。《情人》（*L'Amant*）這本書寫成、出版那年，她七十歲。同年她因這本書獲得法國最高的文學獎：龔古爾獎。在龔古爾獎加持之前，《情人》出版六個星期就賣了二十五萬本；兩年裡，在法國的銷量就有一百五十萬冊。這本書在全世界有四十幾種文字的翻譯本——當然包括越南文。

在寫出這本書之前她已經是法國赫赫有名的作家。他也聽說她的名字了，知道她就是許多年以前在湄公河的渡輪上邂逅的小女孩。有一回在巴黎，他查到了她的電話號碼，鼓起勇氣打電話給她，說想聽聽她的聲音。他自己的聲音開始發抖。他告訴她：他始終是愛她的，他一生都無法停止愛她，他會永遠愛她直到他死去。聽到他的聲音和話語，已經走過長長人生的作家回到小女孩的歲月，在電話的那頭哭泣，哭了很久很久。

他們沒有再見面。

又過了許多年，就在《情人》改編成電影將要開拍時，她聽到他多年前的死訊。她放下手邊的編劇工作，提筆重寫《情人》，那就是一年後完成的《中國北方來的情人》。故事結尾跟《情人》一樣，還是他的電話……還有，她的哭泣。她終於為這段愛情寫下了最後一個句點。

莒哈絲在書裡一再提到，她的情人來自中國北方——滿洲，撫順。我第一次讀到就覺得奇怪，懷疑十九世紀的東北人會移民到中南半島。我無從得知她是始終沒有弄清楚她的情人的祖籍呢，還是有意的把她的情人放到一個非常遙遠的地方和氛圍去。莒哈絲在一篇訪問裡說過：《情人》裡的人物和處境都是真實的，甚至「沒有一個逗點是虛構的」。

但我發現了，而且非常肯定：情人的祖籍不是撫順，而是福建。講解員是這麼說的，當地人也都知道的。

情人的父親黃錦順是第一代移民，在西貢做房地產生意致富，一八九五年建了這棟臨風面水的房子。「錦順」似乎是個閩粵慣用常見的名字。房宅大門匾額竟然就是「黃錦順」三個字——以自己的姓名為門匾實在不多見。大廳上的一對楹聯也嵌了他的名字：「錦心恢世業／順意紹箕裘」，洋溢著自滿自許之情。

廳堂上金碧輝煌的匾額是當地華僑贈送的，為慶賀黃錦順被法國殖民政府賜封了一個類似「知縣」的頭銜。匾上大書「中西共仰」四字，上款「大法國欽賜知縣銜／沙瀝福建會館總理兼財政／黃府錦順翁高陞誌慶」，下款是十五個人名或商號「同拜賀」。既是福建會館總理兼財政，黃家是福建人更是殆無疑義的了。

還有一項旁證。附近一條街上有座「建安宮」，講解員告訴我：當年華人修建這座廟時，一大部分是黃錦順捐獻的款項，至今看守廟宇的還是他們家族的人。我也去廟裡看了，供奉的是保生大帝——那是福建人信仰的神仙。

很可能是當年那個小女孩聽錯了。對於那個法國女孩，撫順和福建會有多大的差別呢？

小女孩的家再窮、再破敗也是法國殖民者，不會容許女兒嫁給一個中國人——或者越南人，總之是黃種人，無論對方多富有。而黃家少爺、元配的長子，當然不能娶一個破產的、負債累累的、聲名狼藉的法國寡婦的女兒為妻。黃錦順早已為他的兒子物色了一位門當戶對的華裔富家女，長得非常漂亮，南方人，跟美麗的越南保大皇后是同鄉。

兒子懇求父親試著理解他對法國少女的這份感情，一種此生不會再有的強烈的愛情。父親年輕的時候可能也經歷過的，但現在已經無動於衷了。一個要「恢世業、紹箕裘」的第一代移民，當然也要自己的兒子承擔同樣的家業重任。他拗不過財大氣粗的父親——尤其父親表示願意替那家山窮水盡的法國人還債，讓他們回國去。

就像大多數當時的中國兒子，他終於服從了他的父親，娶了那個來自南方的漂亮富家女——新娘和小女孩同年。牆上的合影中，兩人的頭親密地靠在一起。

小女孩啟程回國，他在西貢碼頭目送她，坐在他的黑色轎車裡，遠遠望著她，靠著船舷，就像第一次見到那樣。

他和妻子生了五個兒女，兩男三女。兩個兒子都在法國做工程師，有一個女兒在美國舊金山行醫。我記起十多年前在巴黎，晚宴上遇見一位來自舊金山的醫生，我們談起莒哈絲，醫生說：他的兒媳婦的祖父，就是莒哈絲筆下那位「情人」。英文裡沒有祖父與外祖父之分，現在回想，這位醫生的親家母，想必就是在舊金山行醫的黃家小姐了。

晚年的他在法國與越南家鄉之間往返來回。一九七二年突然中風病逝，恰巧是為了參加一個朋友兒子的婚禮回到家鄉的時候。他獨自葬在離家宅不遠的墓園裡，雖然旁邊留有給妻子合葬的墓穴，妻子卻選擇長眠在美國，讓女兒和孫輩陪伴她。

在巴黎的蒙帕拿斯墓園裡，莒哈絲也是獨自長眠。很簡單的墓，長長的棺槨的形狀，沒有立碑，只是朝外的那端刻了她的姓名縮寫，MD兩個字母。沒有全名，也許她並不覺得名字有那麼重要——Duras本來也不是她的原名。

在書裡，他倆都沒有名字。

來到他的家，我才知道了他的中國名字：黃水黎。越南名是Huynh Thuy Le。對於她，這些一點也不重要吧。他就是情人，現在大家都這麼稱呼他了。他的故居，英文旅遊介紹就稱之為Lover's House：情人的家。

二〇一一年一月六日於美國加州史丹福

早安越南

美國在越戰結束之後，出現好幾部對越戰作出深刻省思的電影，像《越戰獵鹿人》（*The Deer Hunter*）、《現代啟示錄》（*Apocalypse Now*）、《前進高棉》（*Platoon*）等等，幾乎都強烈得令人透不過氣；比較起來，《早安越南》這部電影算是比較輕鬆的小品，但也充滿濃厚的反戰訊息。

我在七〇年代初來到美國時，反越戰的高潮雖然已近尾聲，但校園裡還是感受得到因為一場不義之戰而給社會——尤其是年輕人，帶來的衝擊和覺醒。「越南」已經不僅只是一個地名，而是一部沉重的當代史，一場良心與正義的嚴酷考驗，一個國家難以癒合的創傷。一個超級大國挾著最先進的武器和雷霆萬鈞之力，遠涉大洋對一個第三世界的小國不宣而戰，竟然在內外交困之下、十一年後黯然敗退。

越戰期間，美國飛機無休無止的轟炸，投下的炸彈總量是二次世界大戰所有炸彈加起來的三倍半——全都掉在越南那麼小的一塊土地上。美國空軍總司令李梅（Curtis LeMay）曾經揚言：「我們要把越南炸回到石器時代！」當時的越南人無論男女老幼，平均每人可以「分享」到一千磅的炸彈。這場戰爭估計死了三百萬越南人，傷了至少一百萬。至於化學戰的遺禍後代，數字還無法估計。

傷痕纍纍的越南並沒有退回到石器時代。這個國家的耐力是驚人的：他們曾經戰勝了法國殖民者，漫長艱辛的抗美戰爭之後，他們又擊退了要來「教訓」他們的中國軍隊。然後他們清除遍布地雷砲彈的田野，插上稻秧種上莊稼，提供勤懇而廉價的勞力引進外資，把戰爭放到記憶深處去。

我到越南的時候，戰爭已經結束三十五年了——比一代人更久遠。我試著找尋戰爭的記憶。這個早晨我走在河內的街頭，放眼望去幾乎全是摩托車，車上全是年輕人。也許我對越戰的記憶比他們還鮮明一點呢。雖然一片和平景象，其實戰爭的傷害還沒有完全過去——美國的化學武器「落葉劑」（Agent Orange）深入地下，至今還汙染著地下水，還有因為飲用而生下畸形怪胎的案例。

河內也有一個「西湖」，近旁還有個相連的小湖用堤隔了出去，坐落在一個公園裡，有個很雅的名字叫「竹帛湖」。湖畔公園裡遊人不少，但似乎並沒有人特別注意一座紀念碑，碑上有一個低著頭、雙手高舉的飛行員的塑像，模樣似乎是個西方人……

我聽說過這個紀念碑。一九六七年，一個美國飛行員駕駛的轟炸機在河內上空被擊落，飛行員跳傘逃生，掉在這個湖裡，被打撈起來成為戰俘，在牢獄中關了五年多。釋放回美之後以他越戰英雄的身分從政，三十多年後，他成了二〇〇八年美國總統候選人。他的名字是馬侃（John McCain）。

公元兩千年，越南統一廿五週年，馬侃訪問河內，受到越南人熱情的歡迎，因為他是最早促使美越建交的參議員之一，而且鼓勵美國廠商進入越南。他還回到當年囚禁自己的地方，外號「河內希爾頓」的牢獄參觀。歷史在這裡作了一個殘酷的反諷：半個世紀的敵對，幾百萬人身家性命的喪失，究竟所

美國飛行員被俘虜的紀念碑。（原人是 2008 年美國共和黨總統候選人馬侃）。

為何來？而美國又在中東重蹈覆轍，更狠的是現在改用遙控的無人飛機轟炸了。

越南是個年輕的國家。相比於鄰國人口的老齡化，越南有四分之三的人口是越戰後出生的。他們之中多數人可能不知道那個美麗的湖裡曾經掉進過一個美國兵，也不在乎這個戰俘後來成了美國總統候選人。他們關心的事跟世上許多年輕人一樣：工作，感情，手機，摩托車……

然而，那四分之一的經歷過戰爭的人，對著湖邊的紀念碑、街上的美國快餐連鎖店，和新聞裡還在被化學武器毒害的畸形小孩，要選擇記憶還是遺忘呢？

早安，越南。

古芝地道

遊覽車駛過綠油油的田野，雖然是冬日，處處可見的椰子樹、香蕉樹和木瓜樹讓沿途充滿著熟悉的南國風情。公路邊時不時出現小攤販兼茶座，幾張桌椅加上兩棵樹中間掛著的吊床，那份悠然閒適讓我幾乎忘了此行的目的地：一場慘酷戰爭的遺址。

到西貢旅遊——啊，我總要提醒自己，這個城市三十多年前就改名「胡志明市」了——有個歐美遊客很感興趣的地方，就是當年越共打游擊戰的隧道：古芝地道。令人吃驚的是距離之近，車行只要一個多小時就可以抵達。快到古芝地區時經過大片的橡膠樹林，加上沿路翠綠滋潤的稻田，我越發感覺到越南真是個富庶的國度：北邊的礦產，南方一年三熟的稻米和樹膠，海裡還產石油……「匹夫無罪，懷璧其罪」，難怪歐洲帝國要來殖民掠奪。

這片地道全長二百五十公里，一個難以想像的長度，因為全是用人的一雙手和最簡單原始的鐵鍬之類的工具挖鑿出來的，而且全是在敵人監控區裡偷偷進行的工程。

走在林間小徑上，導遊蹲下來，掃開一片枯葉，出現一方木板，揭開木板，露出窄小僅容一個瘦小個頭的人鑽進去的洞穴，人進去之後再蓋上鋪滿草葉的蓋子，從外面就完全看不出來了。

導遊鼓勵我們進入地道，走一段路體會一下。我稍作遲疑還是跟隨著兒子和幾名遊客下去了。地道的寬度僅能容身，而高度是必須作九十度的彎腰；加上空氣稀薄，不消幾步路就覺得前胸後背都有點吃不消。我走在最後，步子又慢，隧道大概是拐了個彎，前面那群拿著手電筒的人忽然不見了！頃刻間眼前一片漆黑，一陣驚恐湧現，幾乎將我淹沒。明知只是很短的一小段路卻覺得漫長無比，直到看見隧道盡頭的光，我的驚恐才平復。

試想獨自一人在底下，屈身在窒息的黑暗中，時間再長一點的話，大概會崩潰。但

當年游擊隊員據點的地穴入口，為一方木板大小，僅容瘦小的人進出，鑽進洞裡再蓋上鋪滿草葉的蓋子。

是當年那些游擊隊員是長年累月的在裡面，弓著腰，提著武器，作戰、攻擊、逃生……而他們竟然是勝利的一方！

導遊帶我們看當時為敵人設下的陷阱：像森林裡的捕獸陷阱，非常原始，敵人誤踏上去就被困在坑裡，尖利的竹矛令他動彈不得，直到流血而死。我不忍多看更不願多想，但還是忍不住替兩邊設想——這邊，是用最原始的武器，或者從敵人那裡獲得的戰利品改製的二手工具，以及驚人的保衛家國的意志力，在如此艱難的、簡直是非人的條件下，擊退從遠方來犯的強敵。

而另外一邊——當時美國打越戰是徵兵制，那些年輕的士兵是被抽中入伍的，沒有選擇必須聽命於政府和上級，遠赴一個陌生炎熱的國度，投下成噸的炸彈，不分男女老幼的殺戮當地人民——或者被殺。但他們也是父母親的兒子，跟我身邊的兒子同樣年齡的大孩子啊。當他們痛苦的輾轉溝壑流血等死之際，大洋彼岸的母親，夜裡夢中會心痛而醒嗎？

參觀之後，明兒對我表示這是一次非常特別的經驗。我說：這只是再一次提醒我們：戰爭是多麼的愚蠢啊。

他說：我記得小時候，妳都不給我們買玩具槍，也不准我們玩任何像武器的玩具。

我說：對，因為殺人的凶器不是玩具，戰爭不是遊戲。也許對於坐在指揮桌前的那些政客和戰爭販子、軍火商來說，戰爭是他們最刺激的遊戲；但對像你這樣的年輕的生命，絕對不是。記得《越戰獵鹿人》裡那場驚心動魄的「俄羅斯輪盤手槍」賭注遊戲嗎？正是那些人，給你一把膛裡有一顆子彈的六連發手槍，要你頂著太陽穴，扣下扳機……。這，就是那場戰爭。

越南的火與水

出生在越南、長大到十八歲才離開的法國女作家瑪格麗特・莒哈絲曾說過：「我的童年記憶離不開水。我生長的地方就是個水鄉。」想到越南，她就想到水。她和她的中國情人就是在湄公河上相遇的——「情人」後來成了她最有名的小說的書名。

來到越南，我也感覺總是看到水。河內的古名是「升龍」，到了不遠的下龍灣，便是大大小小的青龍下到了海上，也好似桂林那些秀麗的山一路從中國廣西走過來，走進海裡了——連山也要來親近水。甚至那號稱「稻田裡的下龍灣」的陸龍灣，也還是水青色的群山，從兩旁是水稻田的河裡參差冒出來。這裡的山像是離不開水的，總是要與水相依相映。

北方尚且如此，更不用說水渠縱橫的南方了——那莒哈絲戀戀難忘的水鄉。越南著名的傳統藝術表演就是水上木偶戲。連穿著越南式旗袍的苗條姑娘，也像水般的柔美婉約。越南是一個被水滋潤的國度。

可是，許多年前，越南給我的最初的印象，一直持續到一九七〇年代，根本不是水，而是火。

一九六〇年代在台灣，報章上的越南印象就是混亂，政變，南北敵對，西貢街頭接二連三自焚的僧侶，那烈火中燃燒的軀體令人驚心動魄。然而報紙說，那些人都是別有居心的共產黨（就是從那時起，我開始好奇，希望了解真正的「共產黨」）。後來就是南越政府走馬燈般更替的領導人，更多的抗議和自焚，美軍大規模的介入，台灣街頭到處可見的度假美國兵……烽火和戰火中的越南，一個在火藥和炸彈中燃燒成焦土的國家。

七〇年代初到了美國，每天的新聞總是越南和越戰，犧牲和傷亡；年輕人反戰反政府，要愛要和平。電視新聞裡那些不知所云的英文地名（許多年後當我準備要來越南時才一一對照出漢字來，才恍然大悟是什麼地方），那些倉皇逃難的人，戴著斗笠挑著少得可憐的家當，扶老攜幼蹣跚步行；新聞記者說他們都穿著「黑色的睡衣（pajamas）」，天哪！美國人對於這個侵略了這麼多年的國家還一無所知：那哪是什麼睡衣，那就是鄉下人穿了多少年的傳統的衣褲啊！我忘不了電視上他們驚恐愁苦的面容，背後是熊熊火焰中化為灰燼的家園，頭上是隆隆盤旋的轟炸機……

最最忘不了的一張照片，是更多的火，和被火灼傷的人。那是一九七二年，一張新聞照片震撼了全世界：一個全身赤裸、哭喊著奔跑的小女孩，背後是炸彈的硝煙和持槍的美國士兵，身前是另一個哀哭的男孩。那年，小女孩潘氏金福九歲，在南越的家鄉被美軍的汽油彈炸到，衣服燒掉了，全身皮膚燒傷；一位美聯社的華裔記者拍下她痛苦哭喊逃命的鏡頭，那張照片獲得了當年的普立茲新聞獎。小女孩的傷痛成了對那場戰爭最打動人心的控訴。

三十多年過去了，許多美國人回來這塊土地上，旅遊，商貿，或者追悼。下龍灣是最受歡迎的景點，這裡沒有絲毫戰火的痕跡。我們的遊船在下龍灣的碧波中悠閒地繞駛著，看著那般優美寧靜的青山綠水，我忍不住換上泳衣跳進水中；浸泳在清澄冰涼的海水裡，我卻想到那個邊跑邊哭喊著「燙死了！燙死了！」的小女孩——那個時刻，全越南的水也洗不去狠狠地黏附在她稚嫩的皮膚上的燒灼劑。

後來她被送到醫院救治，但肌膚上的灼傷永難除去。長大之後她被政府送到古巴念醫，結婚生子，最後選擇移民居住在加拿大。對這段歷史她當然不會忘記——戰火在她的肌膚留下地圖般大片的烙印，而且至今仍然令她疼痛。但她說：我願意原諒。

水，終於澆熄了火。

青山綠水，幾度興亡
——重讀汪精衛《雙照樓詩詞藁》及胡蘭成佚文有感

我的書架上有一卷汪精衛的《雙照樓詩詞藁》線裝本，首頁是一方朱紅「雙照樓印」，之後有兩頁手跡；內收〈小休集〉上下卷、〈掃葉集〉和〈三十年以後作〉，當是他的後人在一九六〇年代在香港重印的。據聞出書非常低調，從未公開發行，見者不多。我之能藏有一卷，乃因認識一位汪氏的孫輩，得其持贈一冊。贈書的朋友自幼受西方教育，已經定居美國多年，對其先人所知不深，將書交我時也沒有說什麼——我們本來就很少談及各自的家世。

這本線裝書在我書架上幾乎三十年了，久未翻閱，此時重讀他去世前不久寫的最後一闋，〈朝中措〉，不免感慨。

重九日登北極閣，讀元遺山詞至「故國江山如畫，醉來忘卻興亡」，悲不絕于心，亦作一首：

城樓百尺倚空蒼，雁背正低翔。滿地蕭蕭落葉，黃花留住斜陽。

闌干拍徧，心頭塊壘，眼底風光。為問青山綠水，能禁幾度興亡。

（原題沒有斷句，為閱讀方便加了標點符號。）

觸發我想到重讀汪氏詩詞，是因日前看到《印刻文學生活誌》二〇一〇年四月號，汪氏為胡蘭成鼓吹「和平運動」的文集《戰難和亦不易》所寫的序文，和胡的幾篇文章。

汪氏在序文裡，除了重申抗戰即亡國、唯有求取「全面的和」，並且責怪「**國內一方面從事和平運動，一面仍從事抗戰到底。因之日本方面也不得不戰事與和平並行**」。所以，日本「不得不」繼續侵略中國，該怪罪的是中國要抵抗。序文寫於一九四〇年一月，兩個月後南京「和平政府」就成立了。

又過了四年，當汪精衛寫下〈朝中措〉裡這些句子的時候，故國江山已半是焦土，生靈塗炭滿目瘡痍，他以「和平建國」口號成立的政府只是個紙糊的傀儡，於戰於和都

朝中措

重九日登北極閣讀元遺山詞至「故國江山如畫，醉來忘卻興亡」，悲不絕於心，亦作一首

城樓百尺倚空蒼，雁背正低翔。滿地蕭蕭落葉，黃花留住斜陽。
闌干拍遍，心頭塊壘，眼底風光。為問青山綠水，能禁幾度興亡。

壬午中秋夜作

明月有大度相物長不容妍媸雖萬殊納之清光中江山既輝媚塵土亦清空花木既明瑟瀧蕎亦蔥朧城郭千萬家[illegible]

2

1. 作者收藏的汪精衛《雙照樓詩詞藁》線裝本，首頁是一方朱紅「雙照樓印」。
2. 汪精衛去世前不久寫的一闕詞〈朝中措〉。

起不了半點作用。這個年輕時曾有過何等理想熱情、冒死謀刺攝政王而在獄中寫下「**慷慨歌燕市，從容作楚囚；引刀成一快，不負少年頭**」的雙照樓主，此時心頭的悲涼，盡在這闋詞的字裡行間了。

在日軍鐵蹄下成立淪陷區政府，說是為著淪陷區蒼生的福祉，但汪政權做了什麼？「和平軍」的「清鄉」活動帶給老百姓的災禍比日軍少不了多少；惡名昭彰的「七十六號」——設在上海極司非爾路七十六號的特工總部，專幹逮捕、審訊、酷刑逼供、處決暗殺這些勾當，對象都是抗日同胞，有這樣一個血腥恐怖、令人聞名喪膽的地方，算什麼「和平政府」？更別說強迫實施淪陷區儲藏物資全面登記、強制性收買棉紗棉布這些替日寇搜刮百姓的「德政」了。而這個所謂的「政府」根本毫無自主權，對日本的變本加厲的侵略行動絲毫無法阻擋改變於萬一。

或許當初他不曾預料到事竟不可為到如此，而且完全無法回頭了。看著汪氏與飛揚跋扈的日本軍官的合影、在納粹大旗下與德國官員把酒言歡的照片，我真想知道那些時刻他心裡在想什麼？

胡蘭成是汪精衛賞識的一管筆桿子。作為淪陷區政府宣傳部次長，胡的對日抗戰觀，在他的書裡明明白白寫得很清楚。《今生今世》的〈瀛海三淺——閒愁記〉裡，講到日本開國傳說，天照大神與素盞嗚尊是姊弟，弟弟調皮搗蛋讓姊姊頭痛不已，見不到姊姊卻又要哭鬧，這些故事竟被胡用來比喻中日關係：

這裡使人想起中日之事，日本兵尋事中國，也曾與中國方面要約為信，可是他們在中國的搗亂，有的叫人看了簡直無話可說。

好一派輕鬆平淡話家常！一個國家生死存亡曠日持久的苦戰，國土江山成了屠殺場，百姓的身家性命成了灰燼；東北的萬人坑和細菌活體實驗、南京大屠殺的數十萬冤魂、刺刀尖下的嬰兒……這一切一切，在胡蘭成的筆下竟只不過是弟弟跟姊姊尋事搗亂罷了！

更有甚者，胡著《山河歲月》中，〈抗戰歲月〉那章一上來就說：

抗戰是非常偉大的，它把戰前十年間種種奢侈的小氣的造作都掃蕩了，於是中華民國便非常清真。

所以日本侵華導致的慘烈抗戰，其實對「奢侈小氣造作」的中國是好的。他以流亡學生舉例：

中國人是喜歡在日月山川裡行走的，戰時沿途特別好風景，許多沒有到過的地方都去到了。除了工廠內遷與走單幫，學校亦遷到內地，年青學生連同婉媚的少女渡溪越嶺，長亭短亭的走，好像梁山伯祝英台唱的、「過了一關又一關　前面來到紫金山　紫金山上般般有　缺少鮮花共牡丹」但她們的人就是那鮮花與牡丹。她們都是各有好家鄉的，卻能夠不貪戀。

對逃難的夫妻他這樣描寫：

還有攜眷逃難的，及去重慶投效抗戰的，憂患這樣大，心思這樣堅，他們反會沒有悲憤，沒有營謀掛念，天涯道路，只更愛惜起眼前的人來。

看來這些中國男女老少都該感謝日本侵略（日本教科書用的詞是「進出」），否則年輕人哪有機會郊遊戀愛，夫妻感情也不會分外深重了。我好奇寫《巨流河》的齊邦媛教授讀到這段話會有何感想。

胡蘭成之所以對抗戰如此另具見解，根本上他是認為日本侵華，錯不只在日本。在〈觀念的澄清〉一文裡，胡就寫道：

我們做和平運動，是以日本放棄侵略主義為前提，並不是贖罪，……為什麼不是贖罪呢？因為中日戰爭，責任是雙方的，悔禍是雙方的。（見同期《印刻文學生活誌》）

這與前面提到的汪精衛的序文，認為中國抵抗、日本才「不得不」繼續侵略的論點是一脈相承的。

其實早在汪精衛開府南京之前，胡蘭成已經發表了不止一篇鼓吹「中日兩國共存共榮」的文章（〈對於大亞洲主義的認識〉、〈亞洲民族解放的起點〉等，見同期《印刻》），為汪的「和平建國」鋪路。推回到最早的當初，汪精衛正是讀了無名文人胡蘭成的文章大為賞識，後來才會延攬入閣，委以「宣傳部次長」官職的。

我相信胡對「大東亞共榮圈」是真心擁護的。直到民國三十四年（一九四五）初，日本戰敗投降前半年多，胡還寫出這樣支持德、日軸心國的理論：

我看反軸心是打不掉德國的，更打不掉日本。有悲多汶（貝多芬）與歌德的國家，有浮世繪與櫻花，有堅貞的男人的刀與華麗的女人的衣裳的國家，是絕不能滅亡的。（〈正視戰爭〉，見同期《印刻文學生活誌》）

我也喜歡貝多芬與歌德，浮世繪與櫻花；尤其對日本的文學和電影，我的喜愛與了解程度絕不在胡蘭成之下。但是，這絕不表示我就會擁護德國納粹和日本軍國主義，更不表示我就得歡迎他們來侵凌我的國家、屠殺我的同胞。貝多芬與歌德不等同於納粹，浮世繪與櫻花不等同軍國主義；納粹與軍國主義敗亡也不等同德日亡國。胡蘭成連這麼簡單的道理都夾纏不清，基本邏輯都不通，還要成立一套思想學問體系，實在是匪夷所思。

多年後有一次胡在台北被問及「為什麼要去當漢奸？」他的回答理直氣壯：

當時重慶是蔣先生，淪陷區是汪，西北有毛，秦失其鹿，天下共逐，豈有誰正誰偏，誰忠誰奸的問題？（見朱天心：〈梅花有素心，雪月同一色〉，同期《印刻文學生活誌》）

問題在於他偷換概念，故意不提日本。秦失其鹿，各方當然可以共逐，但是造成「失鹿」而導致生靈塗炭的罪魁禍首是日本，而日本又是最窮凶極惡的「逐鹿」（獵鹿）者。（請問：日本憑什麼到別人國土上來「逐鹿」？）汪精衛想逐鹿竟然去投靠日本，而胡蘭成是連做個逐鹿者的資格都沒有的，只是投靠了投靠者，替那個外來的頭號獵鹿屠夫搖旗吶喊而已。可是即便如此，投靠的對象和吶喊的內容，還是忠奸、正偏有別的——人世間、歷史上，有些事情還是有大是大非，不是什麼「理未易明，善未易察」的鄉愿說法或者用花言巧語硬掰就可以矇混過去的。

胡的文字確實華麗而獨特，極富魅力，但不能因之就無視於他在國人最苦難的時期，顛倒是非媚讎事敵的言論行為；就像替希特勒拍攝宣傳電影的列妮·李芬斯塔爾（Leni Riefenstahl, 1902-2003）確實是個極有才華的導演，但不能因此而扭轉她為納粹歌功頌德塗脂抹粉的事實。

最了解胡蘭成的人應該是張愛玲吧。張把胡看得極透，在《小團圓》裡，九莉（張）覺得之雍（胡）在亡命途中寫信也還「長篇大論寫文章一樣」，是因為「他太需要人，需要聽眾觀眾。」（後來在台灣，胡蘭成對「三三」的那群年輕人不也是這樣？）張愛玲太知道他了：「邵之雍在鄉下悶得要發神經病了」，「他太不耐寂寞，心智在崩潰。」

九莉去探望之雍，發現他在逃亡途中旅館房間裡也「高談闊論」——改不掉的習慣。

九莉先是說之雍「文筆學魯迅學得非常像」，「她狂熱的喜歡他這一向產量驚人的散文」。可是到了後來，她看透了他，也不再欣賞他的文字了，連他註冊商標的語法都看不順眼聽不順耳：當之雍說「你這樣痛苦也是好的」，（真真是胡蘭成的口氣！）她覺得是「怪腔」，一看見「亦是好的」這樣的話就要發笑。甚至「駭笑」。

這樣的性格文章成就了胡蘭成，卻也藉由文字明白顯露了他的思維理念，而那些是怎樣的自圓其說的一套套思維與理念，傳遞的是怎樣的心態，從文字本身就可以去檢驗，實在不需要加註解或導讀的。

「為問青山綠水，能禁幾度興亡？」汪精衛的詩詞，就算是「三十年（一九四一）以後作」，也未流露為自己深涉的政治湍流作任何辯解；而他的後人自覺的低調行事，僅只是將印成的文集悄悄贈予為數不多的人，如此而已。胡蘭成卻是不同：無論起家、在位、沉淪、亡命，總是不甘於沒有「聽眾觀眾」，不放過任何攀援投靠的機會（參考《印刻文學生活誌》二〇〇九年四月號，黃天才〈和胡蘭成在東京的一段交往〉）。生前如此，連身後竟還餘音不絕——當然，一方面也要歸功於張愛玲的加持。

也罷，舊文新讀，就權當重看一回歷史悲慘陰暗的那一頁作為借鑑吧。只是掩卷之餘不免慨嘆：大好江山，能禁得起幾度興亡摧折？這樣的人，還要喧囂到幾時？

第二部

袋鼠與朱鷺：真實和虛擬

兩個城市兩首歌

一九六〇年代有兩首很受歡迎的美國流行歌曲，至今都還常聽到。歌名正好是兩個加州的城市，一個是〈去舊金山要戴花〉（San Francisco〔Be Sure to Wear Flowers in Your Hair〕）：「如果你去舊金山，一定要在頭髮上戴朵花，在舊金山的街上，溫柔的人們頭上都戴著花……」

對於舊金山人們耳熟能詳，尤其是反越戰的六〇年代，連我在台灣聽到這首歌都心嚮往之。另外一首歌叫〈Do You Know the Way to San Jose〉（你知道去聖荷西的路嗎？）從舊金山往南開車到聖荷西只要一個小時，可是那時幾乎沒有人聽過聖荷西這個地方。

物換星移滄海桑田，聖荷西現在已是加州第三大城了。科技——尤其是與電腦有關的高科技日新月異，無中生有了一個叫做「矽谷」的地方——從史丹福大學所在的小城帕洛阿圖往南到聖荷西，車程半小時的這一路上，是個地圖上並不存在的非關地理的地名：矽谷（或譯成硅谷），谷中一連串的小城裡坐落著一個個富可敵國的高科技公司，流傳著許多白手起家成功創業的傳奇故事。

矽谷有幾個歷史性的景點，都在我住家的方圓幾里之內——我說的還不是史丹福校園裡那幾個窮學生發跡前的拖車教室，和發跡後捐款興建的大樓，或者校園內外綿延到矽谷的那些個惠普、蘋果、谷歌、思科、雅虎、臉書等等的王國領土。我說的是創造歷史的發源地。

就在離我家不遠的帕洛阿圖一條幽靜的小街上，一棟兩層小樓房旁邊有間漆了墨綠色門的車庫，就是一九三九年兩個史丹福的學生Hewlett和Packard，在教授鼓勵之下開始他們鑽研電子計算機的地方。門口有塊「加州歷史地標」的銅碑，說明這裡是正是世界上第一個高科技區「矽谷」的誕生地。

另外還有兩處地標：在我常去的一個購物廣場的外圍，有一家很小的蔬果市場，前面有個很不起眼的小牌子，寫著這裡是一九五六年成立的肖克立半導體實驗室（Shockley Semiconductor Lab）的舊址，是為半導體的濫觴，「矽谷」的另一個發源地。肖克立成立的次年八名員工離開白立門戶，成立了費爾查德半導體公司（Fairchild Semiconductor），製造矽晶體。費爾查德的舊址在我去量販店購物必經的路上，一排外觀普通的辦公室其中的一間，門前也有一塊加州歷史地標的銅碑，寫道：一九五九年在

Palo Alto 幽靜的小街上有棟兩層小樓，旁邊的墨綠色車庫，就是史丹福學生 Hewlett 和 Packard 鑽研電子計算機之地。而這裡，也是矽谷的誕生地。

這裡發明了集成電路，「帶動了矽谷的電子工業革命，為人們的生活帶來深刻的改變」。一般人走過根本不會注意到這些舊址——滔滔大河的濫觴往往只是一條涓涓流水。

每當開車經過這幾處地方，我不免想到開創這段歷史的人，他們為後世留下的深遠影響，可能當時也非自己所能料及的。七十年前那間簡陋車庫裡的兩位充滿理想的年輕人雖然早已作古，但連我這麼一個「低科技」的人，到現在生活裡還與他們息息相關：用HP電腦和列印拷貝掃描機，晴兒出生在Packard的妻子捐贈的兒童醫院裡，看懷舊老片到大學路上那家若不是Packard的兒子在支持早就關門的電影院，看大型表演去聖荷西的「惠普亭」HP Pavilion……更不用說半導體和集成電路帶給我們無數日常生活中不可或缺的用品和便捷，為世界帶來的「深刻的改變」。

許多年前初到美國短暫停經舊金山，耳畔是「溫柔的人們髮上戴著花」的旋律，卻毫無概念聖荷西就在不遠的南邊。而今我生活在這兩個城市的中間，時光流逝，戴花的人早已煙消雲散，但舊金山還是個溫柔美麗的城市，我依然喜愛她的自由氣氛和藝術人文；去聖荷西更是不必問路——先我而到這裡的人，已經使得這處地方成為生活中不可分離的部分了。

虛擬社交與非死不可

離我家不遠有條毫不引人注目的小路，叫加利福尼亞。若是沿路朝東一直走下去就變成商業區熱鬧起來，我寫過的「加利福尼亞旅店」就在那一段路上。不過家附近這一段卻很幽靜，一邊是住家一邊是史丹福科研園區的公司；這些公司雖然個個都是科技界的鼎鼎大名，但建築都很低調，在住宅區的小街上竟然毫不刺眼。

不久之前，「臉書」（FACEBOOK，或戲稱「非死不可」）也搬到這條街上，占地不算小但也一樣低調，連招牌上的字都很小，不注意還很容易錯過呢。我平時散步常常經過，那裡晚上照樣燈火通明——這些人上班都是沒日沒夜的。

我雖然上網上得勤，「臉書」、「推特」這些是不用的。每隔不多久就會收到加入臉書的邀請，可是多半的邀請人我根本不認得。對於現有的朋友之間的電郵來往我已經非常滿意，還要照顧中時電子報的部落格和個人網頁，實在不需要也沒有時間跟不大熟識的人或者陌生人，甚至可能是虛擬人物聊天哈啦。可是年輕人就不一樣了，上不了臉書其嚴重程度簡直就是非死不可。晴兒暑假在上海做學徒，既不能上臉書也不能用推特，簡直像漂流到了孤島；不過痛苦幾天之後習慣了，居然就像戒癮一樣戒掉了，直到回到美國才恢復上癮。

倒是許多成年人顯然跟青少年一樣上了癮，幾分鐘不查微博就坐立難安。在上海文藝界人士的飯局上最有趣的現象就是：人手一支黑莓（或「愛鳳」），每隔幾分鐘拿起來看看，輸入幾個字，甚至拍幾張照片，然後跟座中朋友分享：「我剛告訴粉絲們我跟誰誰誰在哪裡吃飯，這會就有回應了，說這兒的菜聽說不錯，還說某某看起來氣色很好……」一頓飯吃下來倒像是他跟粉絲們在聚餐。

「臉書」號稱帶動並且改變了全世界人們的社交生態，上自國家元首、下至販夫走卒，幾乎人人有「臉」，好友遍天下。不過剛讀到一則新聞：一位患了憂鬱症的英國女子，在臉書上宣告她已吞藥自殺，「非死不可」了，在此跟好友們道別。可怕的是：她有一千多位線上「好友」，卻竟然沒有一位當真、介意、在乎、關心……而是眼睜睜看她死去。這真是虛擬到不能更虛擬的友誼了！

最近一部熱門電影《社群網戰》（*The Social Network*）的主人公是臉書的創辦人馬克・札克柏格（Mark Zuckerberg），而電影是根據去年的暢銷書《*The Accidental*

Billionaires: The Founding of Facebook, A Tale of Sex, Money, Genius, and Betrayal》（《意外的億萬富豪：臉書的創立，一個性、金錢、天才和背叛的故事》）改編的，書名比電影還勁爆，讓即使不用臉書的人也對這個年方二十六的哈佛中輟生、全世界最年輕的億萬富豪發生了興趣。札克柏格六年前創辦臉書，幾年之間身價以不可思議的速度飛躍。舊金山南灣的矽谷充斥著這類神話，札克柏格只是這些神話中的「金童」之一；但他可能是近來最引人注目的一個，不僅因為剛被寫成書拍成電影，而且官司纏身，從昔日夥伴到摯友幾乎都在告他，爭議性和戲劇性都十足。

非常諷刺的是：札克柏格的「非死不可」是聯繫人們做成朋友聯誼的，但他與老同學老朋友老夥伴幾乎全都翻臉成仇對簿公堂，人們懷疑他究竟有沒有真正的朋友？而他的生活方式完全不像其他的富豪：他既不住豪宅也不添購私人飛機遊艇名車這些奢侈品，甚至連電視機都沒有，一個人住在史丹福大學附近一棟租來的三房兩廳的房子裡（他嫌太大了）——後來大概是礙於知道他住處的人太多了才搬走；原先的房東是個華人，立刻以雙倍於附近住房的價格（月租近八千美元）招租，理由是此屋風水必佳。成立這個公司，至少開始的時候他並不是為了賺錢——當時他一直堅持不登廣告；當微軟雅虎之類的大款開價百萬甚至上億要收購臉書時，他就是不賣。

矽谷這塊地方總有源源不絕的傳奇故事，身無分文的窮學生轉眼間成為億萬富豪

（其實 billion 這個字是「十億」）已經不是新聞了。我對十億美元這個數目實在沒有概念，做了個簡單算術：如果一個人生下來就年收入百萬美元，就算活上一百歲，他這輩子也只能花上一億。十億是個完全超出我想像力的數目字。

札克柏格的電影留下一個沒有解答的疑問：這個人究竟要的是什麼？對這個全世界最年輕的大富豪，人們除了好奇他究竟要什麼，還有，他的社交是虛擬的嗎？他有真正的好朋友嗎？最重要的：他快樂嗎？

或許答案連他自己都不知道。

（此文寫成於二〇一〇年十一月。言猶在耳，物換星移；人事變化被網速拉著走，「臉書」公司早已搬離我家附近，札克柏格似乎很快樂地學會了流利（雖然四聲不清）的漢語。而曾幾何時我自己也加入「非死不可」了，只是暫時守住三個原則：一、「朋友」的數目維持在二位數；二、朋友的 PO 文按讚達到三位數時我便不加入湊熱鬧；三、除非是「非分（享）不可」的圖片，否則盡量不 PO。）

眾人尋他千百度

十年前[1]，《國家地理雜誌》選出五十個「熱愛旅行者今生不能錯過的地方」，其中有一處地方我最未料及自己竟然會去，而且一去再去，甚至對生活發生了長遠的影響——那就是最後一項：「電腦領域」。

十年前的我作夢都不會想到現在竟會自嘲：陽光空氣水之外，生活裡還有個不能缺少的東西，就是GOOGLE，谷歌，我暱稱它為「孤狗」。但凡有任何問題，第一個念頭是「孤狗一下吧」，取代了從前的「哪本書裡查得到？」

GOOGLE來自googol這個字，意是1的後面加一百個0，近於無限大。有人說它是全知，是萬能，是半個圖書館和即時百科全書——而且是免費的。

其實也不過是十幾二十年前，「互聯網」（WorldWideWeb）才出現，但成千上萬的網頁不知從何著手如何找尋；其後幾年的「搜尋引擎」都很原始，首先要分門別類，搜尋之前先得決定（或猜測）自己要找的資訊屬於什麼類別，很不方便。史丹福大學研究生楊致遠創立的「雅虎」是當時最成功的佼佼者，可是終於虎不敵犬，被孤狗打得一蹶不振。

孤狗之所以後來居上，全因它的創辦人 Sergey Brin 和 Larry Page（也是兩個史大博士生）想出一個 BackRub「搓背」的新點子，用來決定動輒數以百萬計的搜尋結果的排列次序——不須分類，只看搜尋對象的網頁被連結越多，排列的位置就越高。開始時靠網頁的連結率，後來就靠搜尋結果在 GOOGLE 網站上的被點擊率。再進一程，還可以根據受歡迎度預測使用者的搜尋意願：才輸入一個常用詞句的開頭，全文就已跳出來了。這個選擇是根據千千萬萬個先前使用者的選擇，正是「從眾」——先是根據連結網頁的小眾，然後是更多的一般使用大眾。這種搜尋引擎可說是結集了眾人的選擇與智慧。而 GOOGLE 不須收取使用費，廣告收入就足夠讓它富可敵國了。

很有意思的是：在幾乎同時，與孤狗二傑有同樣英雄之見的是一位中國青年李彥宏（Robin Li）。他在北京大學念書時逢上天安門事件，畢業後獲得獎學金到美國念研究所，學成就業，在一家公司做事時發明了與 GOOGLE 相似的搜尋排序的方法，還獲得了專利權。可惜那家公司不識貨，對這項專利興趣不大，不久公司被迪士尼集團買下，就此淹沒。如果李彥宏當時就在美國自己成立公司，發展這項搜尋引擎，可能谷歌帝國的歷史要改寫了。可是李在新世紀來臨之前回到中國，另闢疆域，成立了「百度」——典故出自宋詞「眾裡尋他千百度，驀然回首，那人卻在燈火闌珊處」[2]。

我從電腦盲演進到現在不可一日不上網，是幾年前完全不能想像的事。現在查一個資料或者核對一段引用文字，很少需要去翻詞典、查百科全書文學經典，甚至跑圖書館或者書店了，幾乎實現了「秀才不出門，能知天下事」的夢想——而且一切免費！

在某種意義上來說，網上搜尋正是一種由群眾提供、圈選、使用的民主方式。「維基百科」就是個最好的「集群眾智慧」的例子：內容完全由使用者建構、提供、修正、增補，居然變成可信的另類百科全書；資訊幾乎應有盡有，還可以不斷改進，而且堅持不收費不賣廣告，直到最近才在頁面上方邀請使用者樂捐。今年他們的募款目標已達到一半；創辦者說：如果每一個點擊者支付一美元的話，四個小時裡就可以把另一半八百萬籌足——也就是說，每小時就有兩百萬人次點擊「維基百科」！

由於這些網路現象的興起，資訊是屬於大眾的觀念也開始進入人心。因為資訊提供者是大眾，所以免費；而免費資訊提供得越多，提供者得到的回饋就越多。這簡直是一個革命性的理念。也只有在這個 www 的世界裡，這個眾志成城的理念，竟然可以付諸實現。

從眾裡尋他到眾人尋他，這處「熱愛旅行者今生不能錯過的地方」、這個日新月異充滿無窮可能的領域，把無數網路上的旅人們連結到一起了。

註1 這篇文章發表於二〇一〇年十二月。

註2 五年多來，「網」上的變化遠超過世間任何一種變化，幾個月就可以是滄海桑田。寫這篇文章時，「谷歌」在中國還未被禁；「百度」不是唯一的搜尋引擎但我還看好它。不幸，三幾年的時間吧，中國決定自絕於世界之外封鎖了谷歌，百度獨大的結果是瘋狂賣廣告，「競價排名」。在中國上網查資料成了我的噩夢：沒有便捷可信的谷歌，只有鋪天蓋地的囂張不實的廣告百度。終於——迫於民憤重壓，百度在二〇一六年一月－二日發布公告稱：「百度貼吧所有病種類吧全面停止商業合作，只對權威公益組織開放」云云。希望至少停止害死病人，別的，以後看吧。

袋鼠物語

我的小說《袋鼠男人》改編成同名電影在台灣上演，正是十六年前的現在。偶然好奇上網「孤狗」一下「袋鼠男人」，看看書和電影在網上流傳的情況；發現有一位婦產科醫生侃侃而談男人懷孕的可能性，引用了「袋鼠男人」這個詞，說的卻是「阿諾的《魔鬼二世》」（電影 *Junior*）。顯然《袋鼠男人》和《魔鬼二世》當年的雙胞案已被淡忘，而有人把二者混淆不清了。我當年還上過電視澄清這件事，十幾年下來也被人問起過無數次，乾脆把來龍去脈完整的寫出來，一勞永逸。

「袋鼠男人」最早是我的丈夫，一個生物科學家的奇想——男人懷孕，理論上是可行的，還跟他的醫生朋友們討論技術細節。我們越談越有興致，便一起編了個故事，用英文寫出來，初稿交給紐約一家出版經紀（美國出版一般都要通過經紀人），他們把書稿送交五家大出版社。其中兩家表示有興趣，但須作增改；一家提議我們與一位偵探小說作者合作，寫成科幻懸疑小說，我們無法接受；另外一家希望我們重寫，作出許多建議，包括陰謀陷害、追殺撞車等等高度戲劇性的場景，我們更難同意。於是就此擱了下來。隨後我把故事用中文重寫，做了許多改動，尤其側重於男女角色的探討。文稿交給《聯合文學》雜誌連載，接著出書。同時由於覺得故事性很強，純為好玩，我又改寫成電影劇本。

導演劉怡明讀到小說很感興趣，從台北打電話來要求改編拍成電影，我說劇本已經現成了，令她喜出望外。她來看我時我止懷著晴兒大腹便便，等申請到新聞局電影輔導金、一切準備就緒，一九九四年夏天在洛杉磯開拍時，晴兒已八個月大了。

卻是在開鏡前夕，偶然聞說「肌肉男星」阿諾．史瓦辛格在柏克萊大學校園拍電影出外景，演一個懷孕生子的男科學家！我覺得事有蹊蹺，急忙告訴劉怡明；她也神通廣大，竟然在好萊塢找到熟人取得劇本。一看之下，就覺得跟我的故事相似之處太多了，天下哪有這種巧合？

《袋鼠男人》如期拍竣，在後期製作期間，「阿諾」的電影已開始作宣傳，《洛杉磯時報》影藝版登出一篇對該片編劇的訪問：這位編劇沒有任何醫學背景，被問到男人懷孕的靈感和知識是從哪裡來的？她文吾說不出來。訪問接著提到這是她的第一部作品，之前的職業是在紐約華納出版公司負責審閱書稿……看到這裡我明白了！她在那家出版社擔任審稿人時，正是我的經紀人送進書稿的時候。

阿諾的電影感恩節前在美國上片，幸好那時好萊塢電影在台灣上片時間還不同步，要過完年才登台；我們的《袋鼠男人》只好匆匆完成後期製作，提前一步趕在耶誕節前上片。

《魔鬼二世》在美國公演第一天我就去看了，邊看邊作筆記。結論是：那位編劇非但沒有原創力也缺乏想像力，明顯抄襲之處甚多。於是我決定循法律途徑取得公道。友人介紹我去找柏克萊一位專打智慧產權官司的律師，律師聽了我的陳述和列舉的對比之後，信心十足的說：「妳有勝算。我願意接這件案子。」他不收我費用，官司勝訴才四六拆帳——我四他六；由此可見律師對勝算的信心有多大。

律師給環球電影公司一封質疑侵權的信函，對方當然回信嚴正否認，如是例行公式往來兩三個回合之後，律師忽然通知我：剛得到電影公司關於這部影片的財務報告，由於賣座不佳，按照公司「創意會計」（creative accounting）計算法，盈餘額幾近於零！所以就算官司打贏了，對方也無錢可賠；律師當然不會再浪費時間替我打這場無利可圖的官司，而我更沒有大把閒錢出律師費討公道了。

《魔鬼二世》雖然賣座不佳，阿諾的大肚子形象還是有不少人記得，此後我就常被問到：何以我的電影跟《魔鬼二世》那麼像？連一份德國的雜誌都拿這兩部影片來比較，幸好有拍攝和上演時間可資證明，否則準說是台灣電影抄襲了美國的。

《袋鼠男人》電影在洛杉磯拍攝期間我全程參與，是個非常有趣的經驗。男主角邱心志後來成了電視劇紅小生，至今常在兩岸的電視上看到他。阿諾從政做了加州州長，把加州財政搞到瀕臨破產才鞠躬下台。至於那位真正的主角——我自掏腰包買的道具，一隻比當時的晴兒個頭還大的玩具袋鼠，這些年來一直乖乖的蹲在我們的臥室裡。

二〇一〇年十二月

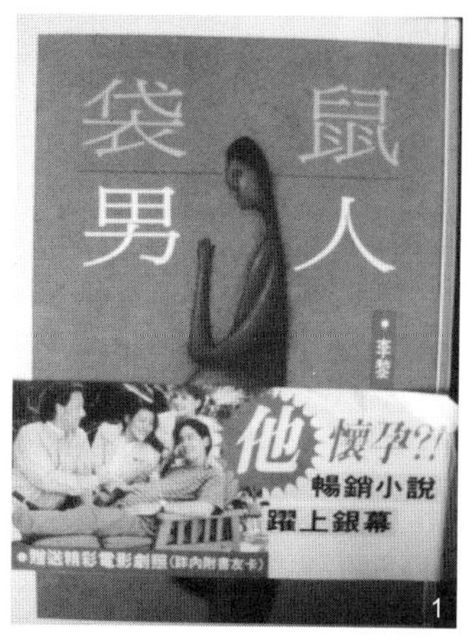

1.《袋鼠男人》最早是丈夫的奇想，先由雜誌連載，而後才成書。

2.自掏腰包為電影《袋鼠男人》所購買的道具。

假如男人是袋鼠

我的小說《袋鼠男人》問世之後，不少人問過我：男人懷孕是否真有可能？其實好幾位醫學界的人士讀了之後，咸認書中敘述的種種過程細節在技術上都是可行的；問題只是有無必要——這個世界只有女人能懷孕就已經快要人口爆炸了，還需要男人也來湊熱鬧嗎？

其實我下筆時更感興趣的是：男女先天和後天的差異究竟有多少，而生育這樁功能對男女的社會角色可能會造成何等的影響？

昔日的觀念中，男女性別是絕對不能互換的，一條界線劃得非常清楚；如果越界就是傳奇，像花木蘭。我一直懷疑她怎麼可能在古時的軍隊裡幾年下來不穿幫？「同行十二年，不知木蘭是女郎」，除非她的性徵模糊。連〈木蘭辭〉最後都這麼說：「雄兔腳撲朔，雌兔眼迷離；兩兔傍地走，安能辨我是雄雌？」這幾句作為結語頗堪玩味。

近年人們對同性戀理解得比較多，才知道性向並非「非陰即陽、非陽即陰」的絕對二分法；同性戀者也並非僅止「一個男（女）性的靈魂禁錮在一個女（男）性的肉體裡」那麼簡單。男女的所謂「性向」可以是互動的，也可以在一個程度上作改變或調整的；我自己就常有這樣的經驗：當我面對非常陽剛或者特別嬌柔的女性朋友，我的態度會有微妙的調適，對前者我會更柔和一些，對後者則會想要照顧保護她——像一種互補對應，而且是非常自然而然的反應。

心理學家榮格提出過 Animus（男性基質）和 Anima（女性基質），但並不是說前者僅只男性具有而後者只是女性專利：一個人可以兩種基質兼具而更趨完美，正如蘇珊・宋泰格說的：「陽剛的男子，帶點陰柔最美；陰柔的女子，帶點陽剛最美。」我也一直贊同一個說法：「偉大的頭腦是半陰半陽的」，跨越性別的藝術家比比皆是，許多大文豪其實是雙性戀者。當我自己在書寫時，我多半不會自覺自己是一個特定性別的書寫者——所以我一直對「女作家」這個頭銜有點抵觸情緒。

傳統的男強女弱觀念造成的刻板印象，其實是人類文明發展到後期才產生的；反而是神話往往比較接近原始的真相，例如女媧補天的故事：共工氏怒觸不周山，以致天柱折、地維絕，天破了個大洞怎麼辦？只好靠女媧耐心的煉石來修補。可見男人闖了禍由女人收拾善後早有前例，說明男強女弱的觀念，其實是古早的母系社會演化到後來，男性革命奪權，父權成了強權之後的產物。而男性之能夠奪權成功，主因恐怕還是由於女性承擔了懷孕生養下一代的天職，在那段時期不暇他顧。

當今世上最文明先進的國家，在這點上做了彌補的努力：妻子生產後，丈夫的工作單位也放他「產假」照顧妻兒。設想若是更進一步，讓男人也能懷孕生小孩，父代（或兼）母職，這世界會產生何等變化？首先當然男女平權就是不爭之議了，兩性孰強孰弱也不再是問題。而更重要的變化很可能是：世界會比較和平——因為好戰愛鬥的男人要花些時間去懷孕、生產、坐月子、哺乳、帶小孩，用在戰爭上的時間就可以減少。不僅如此，產婦（或產夫）會分泌一種綽號「愛之激素」的荷爾蒙oxytocin（催產素），當「愛之激素」在體內分泌時，這個人——無論男女，就會母性大發，變得溫柔慈悲，愛心十足。

世界上的紛爭這麼多，與其聽各國領袖空言什麼減少製造核武器這種廢話，不如鼓勵他們去做袋鼠男人，號召人類不分男女都來生小孩，個個沉浸在「愛之激素」裡，才會是個比較有效的解決辦法吧。

朱鸚送子的故事

二〇一三年九月三十號，美國國家科學院學報發表了一篇論文，內容是最新的婦女不孕症治療法：有些已經多年沒有月經、完全沒有生育可能的婦女，醫生取出她的卵巢，在體外用特別的藥劑處理，然後再放回病人體內，使得卵巢功能恢復。這樣的治療方法，可以有效幫助卵巢功能提早衰退的病人懷孕，也可治療癌症病人因化學及放射療法而導致的不孕，另外還可能幫助因晚婚或晚育而不孕的四十到四十五歲的中年婦女。這篇報告不僅有基礎研究，更有臨床結果：一名經由這個療法而生下的男性寶寶，現已健康成長。

不出所料，這篇報告在生殖醫學界的不孕症領域，引起極大的矚目，美聯社、美國國家公共電台（NPR）、ABC、BBC、FOX News、《洛杉磯時報》等主流媒體都相繼訪問報導。美國《時代》雜誌（*TIME*）譽為二〇一三年醫學領域十大突破之一。

領導這個研究團隊的科學家是一名來自台灣的華人，美國史丹福大學醫學院教授薛人望博士。他的研究團隊裡有中國人、日本人、美國人，還有瑞典人。

維京海盜的挑戰

事情最早要從二〇〇八年三月薛的瑞典之行說起。他去瑞典探訪老朋友，烏米亞大學教授 Tor Ny——這位名叫雷神（Tor 也就是雷神 Thor）的科學家，是薛二十年的老友和合作夥伴。其實薛跟瑞典的淵源很深，二十多年前瑞典烏米亞大學就頒贈給他榮譽醫學博士學位。這次瑞典之行，除了研討實驗合作項目之外，薛還抽空去了「雷神」家的鄉間度假小木屋。烏米亞離北極圈已不遠，早春三月還是冰天雪地。薛在那裡不但與雷神的家人越野滑雪、騎雪上摩托車，甚至還在幾名瑞典朋友的鼓動下，從熱騰騰的桑拿浴室飛奔出來，光著上身埋進雪地裡，通過了「北歐維京海盜」的資格挑戰。但更大的收穫是他也見到華裔科學家劉奎。劉來自中國山東，年紀很輕但沉穩儒雅，在卵巢研究領域裡是一顆上升之星；妻子也是華裔，已在瑞典行醫。他和劉談到劉對初始卵泡「激活」的研究，觸動了一個新的研究課題。

薛的研究領域一直是婦女卵巢。卵巢裡的卵子顆粒以「卵泡」為單位，每個卵泡裡有一粒卵子。從最小的「初始」卵泡成長到最大的成熟卵泡，在人體裡需要六個月的時間，而每個月只有一千粒卵泡被「激活」，其他都保持著休眠狀態。劉奎做出的成果是用遺傳的方法敲除了小鼠卵子的PTEN酶基因，使得所有卵泡都能被激活，然後開始生長。這個重大發現的論文已經發表在極有影響力的《科學》雜誌上。

這個成果啟動了薛的研究興趣。從瑞典回來後，他讓手下一名博士後研究員，來自中國的李晶，用PTEN酶的抑制物（而不是用遺傳的方法），在體外處理小鼠卵巢，將卵泡激活之後移植回小鼠體內，從而使得卵泡生長而得到成熟的卵子，再將這顆成熟卵子取出，在體外受精之後放回子宮，結果生出正常的後代。薛將這個在體外激活卵泡的方法稱為體外激活（In Vitro Activation，簡稱IVA）療法。

奇蹟寶寶

薛和家人就住在史丹福大學的校園裡。他每天騎腳踏車去實驗室，中飯自帶便當，平日不用手機，他說他反正不是在工作就是在家裡，加上時不時就查看電郵，完全沒有使用手機的需要；工作餘暇做瑜伽、爬山、游泳，生活簡單，極少應酬，卻有同行朋友和工作夥伴遍布世界各地。

對於不孕夫婦的痛苦，薛有親身的體會——而且是一個生命悲劇帶給他的刻骨銘心的體會。

他和妻子原有兩個兒子，老大聰穎乖巧，長相俊秀，彈一手好鋼琴，幾乎可以說是個完美的孩子；卻在十三歲那年，忽然就在家附近的人行道上倒地不起，當時跟他一道追逐玩耍的五歲小弟嚇得哭著飛奔回家……。救護車來時孩子已經不治，後來才查出孩子竟然有先天性的心血管畸形，小時沒有跡象，一到發育期在奔跑時就突然發生了致命的阻塞。青天霹靂，薛和他的妻子承受著人世間最殘酷的喪子之慟。在日復一日的煎熬中，他倆執拗地做出了一個決定：再生一個孩子。對於當時陷沒在無邊的悲痛苦海中的他們，這似乎是唯一的救贖。

但是這個決定卻讓他們——尤其是他的妻子，在其後的將近四個年頭裡，承受了另外一種痛苦：求懷孕而不得之苦。因為年齡已過四十，薛的妻子自然懷孕的機率急降；從四十一歲到四十四歲三年多的時間裡，她經歷了俗稱的「試管嬰兒」（體外受精ＩＶＦ程序）和其他各種人工輔助的方式希圖懷孕，過程不僅昂貴而且辛苦，卻還是以一次又一次的失敗挫折告終。最後她身心俱疲，幾乎到了崩潰邊緣，只好認命放棄了努力和希望。

卻是在他們倦極放棄之後，忽然，難以置信的，薛的妻子竟然自然懷孕了！當時已屆四十五歲「高齡」的她，自然懷孕的機率已經低於百分之五，連為她做過人工生育技術的醫生們都嘖嘖稱奇。孩子生下來，是個健康可愛的男孩，取名天晴，朋友們更喜歡稱他為「奇蹟寶寶」。

經歷過這樣一種生命的大落大起，加上切身的體會感受，使得原本就是從事生殖科學研究的薛，出自對高齡不孕婦女的同情心，對自己的工作更增加了一份使命感。

小聯合國

雖然薛是研究基礎醫學的博士，他手下指導的研究小組卻有一半是醫生，他也一直對解決臨床課題有很大的興趣。他始終認為：真正成功的基礎研究，應當是能夠應用在臨床上的。

薛與幾個國家的研究機構都有合作，來過他實驗室工作的人可以組成一個小聯合國，而近年他與其中一位年輕的日本醫生河村，合作關係最為密切。河村是十年前被薛的日本老友、秋田大學醫學院婦產科系主任田中，從秋田大學送來史丹福作了兩年博士後研究，回去之後還持續一直合作。薛的研究與日本淵源更深，從一九八六年第一次被北海道大學邀請參加會議作報告之後，二十多年來他的實驗室有過將近三十名日本醫生

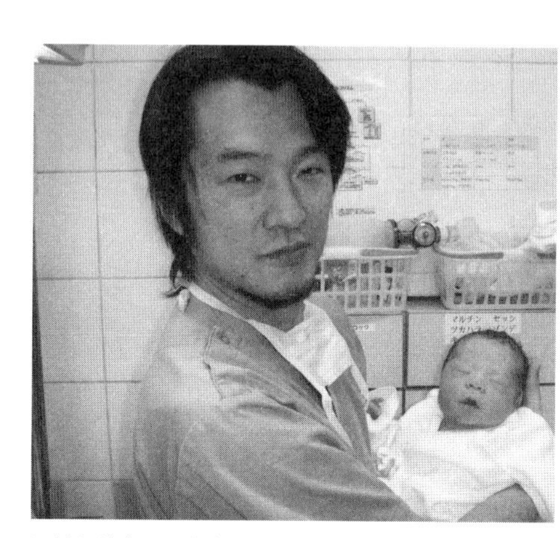

河村與首名 IVA 寶寶。

來作博士後研究。日本的醫生對基礎科學特別重視，對薛這樣作基礎研究的教授敬重有加。薛一向不喜歡旅行，為了參加科學會議不得不到世界各地，但他很樂意到日本開會，因為日本的邀請單位的接待規格總是特別周到禮遇，無微不至；而且會後都會安排富有文化特色的節目、觀賞傳統的慶典表演，讓薛對日本的歷史文化有了更多認識。田中是第一次去日本就結識的，薛與這位高大英俊、極富幽默感的日本北方人一見如故，田中帶著薛探訪北海道名勝，甚至袒裎相對享受鄉間的露天風呂……。從此不但是他倆，連兩邊的家人也結為好友。

田中先後送來好幾位研究人員，其中這位年輕的河村沉著聰明，有著日本人的認真負責態度，而做實驗的技術尤其精密細緻，不憚其煩。有人說他長得有點像演電視劇《仁醫》的大澤隆夫。他在史丹福工作期滿回到秋田，投入繁忙的醫療工作，但是在每天看完病人之後的晚上，被科學的熱情驅使，回到實驗室作研究直到深夜。河村與薛繼續合作這個ＩＶＡ療法的課題，從原先的小鼠實驗基礎上更進一步：河村取得婦女卵巢表層的小片，用IVA療法藥物處理之後移植到無免疫力的小鼠體內，每隔一天注射一劑卵泡刺激素，六個月之後——也就是每隻小鼠注射九十次之後——竟然也得到成熟的人類卵子！這就證明了薛的小鼠實驗研究的新發現，完全可以用到人體去。

這麼重要的發現，在美國卻很難應用到需要的病人身上，因為美國對病人作試驗的規定非常嚴格，實驗批准需要漫長的時間。更大的困難則是醫療費用：美國健保不支付不孕症治療，而「試管嬰兒」程序在美國收費極高，一般人實在難以負擔。無奈之下只好先試用猴子作實驗，但猴子非常昂貴；加上近年美國因為「反恐」而大增國防預算，又逢經濟不景氣，科研基金便遭到大幅度裁減，維持一個實驗室日漸困難，用昂貴的猴子作實驗更是不可能的奢侈。薛也試過與中國的科學家合作，但尚未能獲得有突破性的成果。

西湖和小津

這時日本的機緣又出現了。二〇〇八年春天，在杭州的一個學術會議上，薛遇到日本東京聖馬利安娜大學教授石塚。他們原先就認識，但沒有機會多作交談。在西湖邊的悠閒氣氛下，兩人從基礎科學研究談到彼此的興趣嗜好，留著過耳長髮的石塚跑馬拉松、年輕時喜歡爵士樂擅長吹奏長笛，後來談到日本文學和電影，發現都喜歡村上春樹的小說和小津安二郎的電影；兩人的妻子也加入談心，越談越投緣。石塚立即邀請薛次年到東京講學，石塚的妻子則約了薛的妻子，來年同去北鎌倉尋訪小津的故居和長眠之地。

石塚是卵巢早衰病不孕症的專家，有許多病人來求醫。一般人可能對卵巢早衰病症不太清楚：正常婦女從出生就有八十萬個初始卵泡，但終其一生只有四百個長到成熟的卵泡；到五十一歲左右停經時已經沒有卵泡了。而患有卵巢早衰症的病人，則在四十歲以下、甚至更早就已停經，使得懷孕無望。

談到合作，薛便推薦已經回到秋田的河村一道合作，試驗卵巢早衰病的治療。在日本，任何一種原因的不孕症都是備受關注的問題：日本的人口危機非常嚴重，從二〇〇一年起日本人口年年減少，而且老齡化更是迅速，當今已是全世界平均年齡最大的國家，六十五歲以上的人口現在已占總人口的四分之一，以這樣的速度到了二〇五〇年，超過退休年齡的老齡人口將變成百分之四十，這對一個國家和社會是難以承受的災難。對不孕症的治療自是當務之急，所以他們提出的科研計畫很快就得到臨床實驗的許可，從此日本團隊成立。

其後河村每個月從秋田飛到東京，在聖馬利安娜醫院進行ＩＶＡ（體外激活）臨床實驗手術。聖馬利安娜是一所天主教私立大學，有附設的醫學院和醫院，醫院不大但很清靜且富有人情味，病人與醫生的關係非常好。在那裡河村也有個很好的幫手，一位女博士研究員佐藤。佐藤和她的醫生丈夫都在薛的實驗室接受過兩年訓練。不認得佐藤的人見到她絕對不會想到這是位在醫院工作的博士：一頭長髮染成金黃，每隻耳朵都打上七八個耳釘，騎一輛哈雷戴維森重型摩托車上下班，還是業餘賽車手……。可是她非常敬業，做事認真細心，技術絕對到位，最需要耐性的計算卵泡數目的工作就是由她擔綱。

河村使用的方法，是用腹腔鏡從肚臍開小孔，取出卵巢早衰病人的卵巢，切片後加以冷凍；解凍後再切成更小片，然後用史丹福實驗室發展出來的ＩＶＡ療法藥劑處理兩天，再用腹腔鏡從肚臍小孔把這些小塊的卵巢移植回病人體內，放在輸卵管下面用病人自己的皮層造的一個「袋子」裡。這是非常先進的技術，而河村的細心專注和他一雙靈巧的手更是功不可沒。

說到「袋子」，這裡岔出一個題外話：許多年前，喜歡科幻小說的薛（他大學時便與當時的女友、後來的妻子李黎合作翻譯出版了赫胥黎的《美麗新世界》），想過男人懷孕的可能——用自身皮膚做一個「袋子」（子宮），然後植入胚胎，讓胎兒在父親的身體裡成長。這個奇想在醫學技術上是可行的，他甚至將此奇想寫成英文的故事大綱，可惜沒有時間去完成，結果被妻子李黎寫成長篇小說《袋鼠男人》，還改編拍成同名電影。電影在洛杉磯拍攝期間，薛掛名擔任了「科學顧問」，還客串演出他自己幾秒鐘。

無破不立

回到臨床實驗的醫院現場：薛與河村整理移植的病人數據時，吃驚的發現：成熟卵泡在移植病人體內才僅數週之內便可得到，而不是之前的實驗所需要的漫長的六個月。他不明白原因何在？

薛從年輕時就有不輕易服從體制威權的性格，喜歡跳出框框思考問題。他一直思索，何以河村會在數週內，就在病人被移植的小塊卵巢裡，看到成熟卵泡形成？有一天他騎著自行車在史大校園時想到：移植病人被激活的卵泡，可能並不是初始卵泡！因為從初始卵泡到成熟卵泡的成長過程需要六個月，河村在免疫功能有缺陷的小鼠的實驗已經證明了這點；薛因而假設，在病人的卵巢裡，很可能有較大的二級卵泡。

薛繼續想著：何以二級卵泡會長這麼快？他騎過圖書館前羅丹的「沉思者」雕像，到了史大美麗的紀念教堂前中世紀修道院風格的廣場時，突然靈光一現：河村是每次都需要把病人卵巢切成非常小塊，再移植回病人體內，薛研究卵巢四十年來一直有一個不能解答的問題突然出現了一線曙光——

婦女因卵巢病變而造成不育的病症主要有兩種，河村所想治的卵巢早衰症發病率只有百分之一，而另一叫作多囊卵巢症才是比較常見的，在十個生殖期婦女中就有一個會有此病。多囊卵巢症一般是用注射激素方法，這個療法在全世界一年有十億美元的市場，由於藥廠的大力推銷，現在大部分病人都用激素療法。但是薛記得有文獻報導，早在一九三五年，就有醫生用切除一小塊多囊卵巢的外科手術方法來治不孕，後來還有人用比較簡單的卵巢雷射打洞法，成效也不差，可是現在大部分治療不孕症的醫生都不用這種「創傷性治療法」了，因為擔心對病人有長期副作用，而且激素療法比起動手術是簡單多了。但是薛知道，早有論文報導切塊和打洞都跟注射激素一樣有效。

薛因而有了一個新的想法：破壞卵巢，反而會造成卵泡快速成長，正是俗話所說的「無破不立」！河村在病人身上僅只幾個星期的時間就得到成熟的卵泡，會不會是因為他將解凍卵巢切成小塊而引起的？於是薛設計了一個與一般常識反其道而行的實驗：取出未成年小鼠的兩個卵巢，一個切成三片，另一個保持原樣，然後移植到另一個成年鼠的體內。假如他的「破．立」的理論成立的話，切成三片的卵巢，就會比不切的長得更大！

這時，薛在史丹福的實驗室又來了一位女博士後研究員名叫程圓，她是中國人，卻有很特別的日本教育背景：瀋陽高中畢業後即獲日本京都大學獎學金念得學士學位，

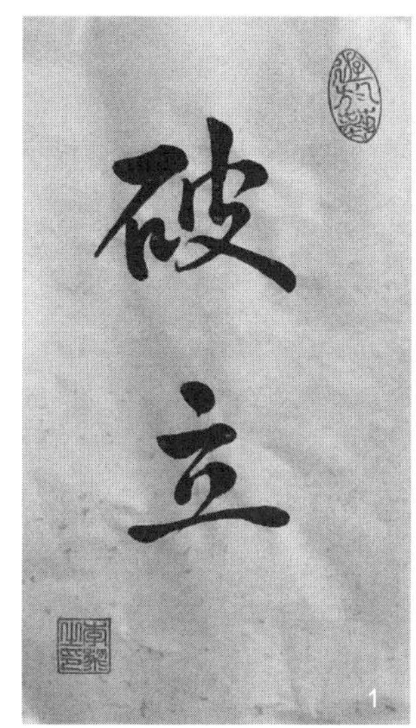

1.「無破不立」！破壞卵巢會促使卵泡快速成長。

2. 程圓（右）的細心與纖巧的手藝成功地做到「破立」。左為薛人望。

旋即進入日本頂尖的東京大學獲得博士學位。這位東北姑娘心靈手巧，對科研有極大的熱忱，工作非常努力。她加入實驗室後便一直負責準備IVA療法臨床用的藥劑。程圓聰明率真，薛以為她從小出國在外膽子一定很大，沒想到她怕老鼠，而冤家路窄，她的研究實驗非用老鼠不可，只好努力克服自己的心理恐懼。她作實驗用的小鼠體型本來就小，又是才出生十天的幼鼠，卵巢比米粒大不了多少，還要切割處理，沒有極度的細心耐性和纖巧的手藝是做不來的，可是程圓做到了。

薛提出要程圓切小鼠卵巢，故意不用他新研發的IVA療法藥劑處理就逕行移植。五天後，程拿出移植的卵巢，不能相信自己的眼睛——切割處理過的卵巢，跟未切的比起來足足有三倍大！實驗結果充分證明了卵巢的「創傷」會促使卵泡快速生長。薛把這個出人意料的結果告訴在日本的河村，那時已是地球另一邊的深夜，剛看完病人的河村忘了一整天的工作疲勞，精神大振，非常興奮好奇且難以置信，馬上就循用同樣方法在秋田的實驗室裡用動物作實驗，成功的重複了程作出的結果。

這時薛、程與河村都能確定，他們這系列的實驗解決了從一九三五年以來卵巢領域的一個重大難題：多囊卵巢症可以用切除一小塊，或用雷射打洞的方法來刺激卵泡生長，而用以治療不孕症。「破．立」理論顯然是對的，可是何以致之？原理何在？科學家又陷入長考了。

河馬信息通道

薛百思不解：為什麼會出現這個「破．立」現象——破壞卵巢，反而會造成卵泡快速成長？他的思路回到生物學的最原點：演化論。

薛常笑稱自己是達爾文的信徒，由於對生物演化的鑽研，而發展出對化石的興趣。他還親自去探訪過幾處古生物化石遺址：加拿大落磯山脈的三葉蟲化石遺址坡、雲南澄江的古生物化石群、美國科羅拉多州的恐龍化石區……。從來沒有任何收集癖好的他，家中卻也放著幾件古生物化石，其中有三葉蟲、小魚群，甚至微小到要用顯微鏡觀看的不知名的古生物胚胎。他始終相信：所有生物界的疑問難題都可以用達爾文的演化論來解釋，因為世間所有的生物都有共同祖先，許多不同動物的細胞，是靠相似的基因來調節功能的。所以在小鼠身上作成的試驗，在人身上也應該一樣可能成功。

正是在這個破解謎題的關鍵時刻，薛面臨著一個實際的困難：無米之炊。和美國許許多多生物研究實驗室一樣，過去幾年來薛的實驗室也感受到愈發嚴重的經費短缺問題。這些研究經費最主要的來源是美國國家健康總署，而總署的預算隨著美國經濟景況和政治趨向，已經逐年大量削減。另一個主要的民間來源是大藥廠的研發部門，而藥廠同樣面臨全球性的不景氣，贊助學術機構的研發經費也大量減縮，甚至叫停。加上美國保守勢力對與墮胎有關的研究一向限制特多，聯邦經費就不允許用在人類胚胎的研究上。小布希總統甚至親筆簽署禁止胚胎幹細胞研究的法令。

處在這樣低迷的大環境中，不少薛的學者同行紛紛忍痛放棄深入的研究工作，有的轉而作行政，有的去教課，有的乾脆提早退休。這種時刻薛怎會輕言放棄，但實驗室一度陷入人手和經費雙雙短缺的困境也是事實，以至於他幾度將自己的專利收入捐贈給實驗室，來挺過這道難關。幸而不久之後「甘霖」從天而降：加州的「再生醫學研究所」發放了一筆胚胎幹細胞研究經費，薛的實驗室申請到這筆經費，才算避過了斷糧之虞。

「破・立」現象問題的解決，還要等到六個月之後——有一天薛在查閱文獻時，看到有「河馬信息通道」基因群在果蠅中能限制器官生長，假如這個「信息通道」基因被破壞，果蠅頭上就會長出腫瘤，形狀如河馬粗厚的頭頸，因而有此形象的定名。更有趣的是：這種基因在小鼠體內也有，假如把小鼠的心臟、肝臟中的「河馬基因」用遺傳方法敲除，就會發現這些器官長大到兩三倍之多。所以，「河馬基因」竟是個在果蠅和高等動物裡，都會保證各個器官不會長過頭而形成為腫瘤的信號通路！

薛因而推斷，在人類的卵巢裡，也會有同樣的「河馬基因」，來控制卵泡不至於過度生長。於是薛讓程圓與河村檢驗卵巢的「河馬基因」。他倆所作的試驗結果，證明了在小鼠及人的卵巢都有河馬通路基因：切割卵巢後，破壞了河馬通道，便使得卵泡迅速生長。薛總算弄明白了，這便是「破．立」的原理。

後來程圓更進一步發現，將卵巢切細片後，若又再加PTEN抑制劑，還可使卵泡生長得更快。河村如法炮製，將人的卵巢切細片加PTEN抑制劑，移植入無免疫力小鼠，之後也發現在鼠體內快速生長。終於，「破．立」原理的臨床發現得到了完整的解釋。八十年來，醫生們對於用「切塊」治療多囊卵巢症一直是知其然而不知其所以然，薛的團隊的發現不僅解答了「所以然」，而且能進一步在未來研究出使用影響「河馬通道」的藥物，來治療多囊卵巢症的方法。

送子朱鸛

兩年之後，東京聖馬利安娜醫院已為二十多名卵巢早衰病人進行治療。除了兩次腹腔鏡手術外，病人每週或每兩週回到醫院做陰道超音波檢查，看有沒有長大的卵泡，有的病人住在外地，要乘幾小時的車跋涉而來。看著這些滿心希望能懷上孩子的婦女，醫護人員最能理解她們身心承受的辛苦，但她們原是完全無望的不孕症病患啊！

初步治療之後，有八個病人對IVA體外激活療法有反應，其中五個病人可以取到成熟卵子，經由與丈夫的精子進行體外受精程序，成功得到了「前胚胎」。五人之中有三名病人還在接受激素注射，兩名病人在胚胎放回子宮後宣告懷孕，最幸運的一位在懷胎九月後生出第一個「ＩＶＡ寶寶」。這位母親在十一歲時初經，但在二十三歲起月經開始不規則，二十五歲便停經，結婚後很想生育，於是在二十九歲那年起到聖馬利安娜醫院接受ＩＶＡ療法治療，終於如願生出兒子。新生兒通過健康檢查，一切正常。負責接生的當然是河村大夫，照片裡的他穿著產科手術袍，抱著幾分鐘前才來到世間的第一名「ＩＶＡ寶寶」，神情和藹喜悅，令人想到「仁醫」。

二〇一三年五月，薛應邀到北海道參加日本婦產科學會全國大會，會後他與來自世界各國的學者，被招待去風景優美的洞爺湖畔、舉辦過「八國高峰會」的溫莎度假酒店過週末。會上他總結與日本的淵源：他的實驗室這些年來訓練了二十九名日本籍博士後研究員，其中一位剛升任東京大學婦產科系正教授——東大醫學院的教授向來享有尊崇的學術地位，也是日本皇室的「御醫」。

可是很少人知道：薛的母親也是一位婦產科醫生；而六十年前，同是念福建醫學院的薛的父親卻投筆從戎，決定不做醫生而做空軍飛行員，加入抗日戰爭的行列，在四川省上空擊落過日本敵機。現在薛卻以ＩＶＡ療法幫助日本，以他的科學發現幫助紓解日本的人口危機。兩代人處於完全不一樣的歷史點上，從戰爭到和平，其間的轉折發人深省，更是令人欣慰。

因為父親當年是空軍，薛出生在南京空軍醫院，一歲不到隨父母到台灣；不幸父母早逝，義父母張元凱醫師夫婦撫養他完成高中和大學教育。他在台大動物系畢業之後，申請到美國普度大學全額獎學金，得到碩士學位後又在德州貝勒醫學院獲得博士學位。先是在聖地牙哥加州大學醫學院任教十五年，後來到史丹福大學醫學院任教，也已超過二十年之久。這些年薛的研究重點一直是婦女卵巢和激素的生理學，從世界各國來到他實驗室、由他教導訓練過的博士後研究學者和醫生，至今已有一百七十多名，其中許多位後來在領域中卓有成就，在世界各個名校行醫任教。例如其中一位早已升為荷蘭烏垂特大學婦產科系主任，是歐洲治不孕症的頂尖名醫；有一位擔任芬蘭大學小兒科的系主任，另一位則曾任美國常春藤名校布朗大學的醫學院院長，還有一位已經是中國科學院院士。

在演講報告的最後，薛放映「朱鷺鳥」的圖片，以之為象徵談到國際間的合作。朱鷺（Crested Ibis）是一種鷺科鶴類的鳥，多為白色（也有朱紅色的），細長的喙和腳都是朱紅色，有的展翼之際可看到翅膀的紅暈，非常優雅美麗。從朱鷺的拉丁學名 Nipponia nippon 可以看出原是日本特有的鳥，但在日本已絕跡；後來在中國陝西一帶發現行蹤，中國隨即將之進行培育，薛就曾在西安一個瀕臨絕種動物保育中心看到過朱鷺。中國把培育出來的朱鷺送給日本，作為友好的象徵；網上便有一幅照片，是日本皇子夫婦將保育的朱鷺放生到大自然去。這種鳥生活在東北亞一帶：中國、西伯利亞、南北韓、日本、台灣……這些歷史上曾經、甚至近年也有不同規模衝突的幾處地方，都是朱鷺的生活圈。薛在報告的總結指出：鳥類是無國界的，不受疆域劃分或人為割裂的限制，自由翱翔；科學也應如此：科學無國界，科學家超越地域種族甚至歷史仇恨而合作，才能促成人類科學的發現和進展。

不久之後，關於ＩＶＡ體外激活療法的網站也成立了，為病人提供有關的訊息。這個網站（IVAfertility.com）就用了「朱鷺送子」圖像作為標識，有繁體、簡體中文，英文和日文四種語文選擇。這個網站的設計者是一名念電腦的大學生，他就是薛的「奇蹟寶寶」兒子。

二〇一四年十一月，在史丹福大學近旁的四季酒店舉辦了一個以ＩＶＡ為主題的學術會議，上百名來自世界各地的醫生和科學家，面對面熱烈地討論交流。不久之後，西班牙的醫生去到日本從河村學習，目前也有了成功懷孕的案例。

朱鷺多為白色或珠紅色，非常優雅。中國與日本都有發行朱鷺郵票。

朱鸝返航：第一名中國IVA寶寶

二〇一四年秋天，薛把IVA體外激活療法帶進中國。河村平日從清晨忙到深夜，看病人、動手術、做實驗，只有週末有空；薛在一個星期四抵達東京，星期五陪河村飛中國河南省鄭州市。河村在中學時曾隨一個中日少年友好訪問團到過中國，三十年後他再度踏上中國的土地，中國已經完全不一樣了。鄭州大學第一附屬醫院是一億人口的河南省最重要的醫院，有將近八千個床位，規模應該是全世界最大的。副院長孫瑩璞是一名醫術高超、又以病人的權益為重的婦產科醫師。她建立了一個平均每年可做上萬個試管嬰兒療程的團隊，造福了許多不孕病人。她領導的「鄭大一院」生殖中心，決定用IVA體外激活療法免費醫治第一批患者。於是一個時間有限、過程緊張的週末在中原鄭州展開了。

除了薛和河村，還有兩位不可少的人物：程圓和佐藤。她倆得在那個週末之前爭分奪秒地分別從美國和日本飛抵鄭州，做好先頭部隊的前置工作。最驚險的是：程圓當時還沒有申請到回美證，卻不顧一切的上了舊金山飛中國的班機；也就是說，她回來時很可能在海關被拒絕入境，不知多久才能見到她的丈夫和剛滿週歲的女兒！（幸好她在中國時，能幹的丈夫將她的回美證及時拿到並快寄到她手上。）還好佐藤離得近沒有波折，到了中國又有精通日語的程圓作翻譯，讓她的第一次中國之行愉快無比。

孫副院長和她手下的團隊（幾乎全是女將）堪稱是一支鐵娘子軍。領軍的孫雖然說話輕柔、氣質優雅，卻是一名行事果斷有魄力的領導。她決定一天之內，一口氣做八個病人的卵巢片移植手術（河村在日本孤軍奮鬥，一週只做一個）。而女將們不但技術高超心靈手巧，還有創意——她們在河村的指導下不僅一學就會，而且立刻發展出更快速的方法：河村放回卵巢片是一個一個的放，她們覺得太慢，便用一根細長塑料管，一次可以推進十幾個卵巢片，大大減少了手術時間。團隊大將翟軍，雖然名字像個威武男士，本人卻是個高挑秀麗的美女，手特別巧，心思細密技術高超。看著這樣的團隊，薛與河村都充滿信心。

大功告成的那晚，佐藤特別高興。來自仍然以男性為多數、為主導的日本醫界，她親眼目睹中國女性同行出色的表現，興奮地與大家開懷暢飲。當晚號稱海量的佐藤據說乾下了至少一瓶茅台，不支而大醉，第二天還帶著酒意飛回日本。

鄭州的新ＩＶＡ團隊和她們的新式「推管」技術，使得ＩＶＡ技術更完善，讓更多病人受益。終於，二〇一五年十二月，「鄭大一院」在中、美、日的合作下，誕生了中國第一例ＩＶＡ寶寶，一名健康的男嬰。在同月舉行的「中華生殖醫學年會」上，來自全國各地的不孕症專家們聆聽了孫、薛和翟的講座。

基礎科學研究結合了臨床治病，跳出框架的思考配合細緻嚴謹的手術和實驗技術，跨國界、跨文化的合作相輔相成，為世間帶來新生命和希望……。這就是薛和他的同行們的故事。

巴別塔下的笑話

我喜歡讀各個民族的古老傳說，那些故事往往是人類演化史的一個縮影。基督教聖經舊約《創世紀》裡關於語言的「巴別塔」就很有意思：從前天下人的語言口音都是一樣的，他們往東遷移的時候走到一片平原，決定定居下來不再分散四方，並且建造一座城和一座通天高塔。耶和華知道了很不以為然，怕這些語言相通的子民「以後他們所要做的事就沒有不成就的了」，於是發揮神力，「變亂他們的口音，使他們的言語彼此不通。」那座未完成的城名叫巴別，就是變亂的意思，後來變成塔名，「巴別塔」Babel Tower 就成為象徵語言不通溝通困難的詞了。

人類起源於非洲，後來分散四方，發展出各自的語言，就算沒有神力的干預也難以彼此溝通了。其實不止是人，鳥類學家發現有一種原先來自青藏高原的鳥，分批朝歐亞兩個方向遷徙，許多代之後，在中間地帶相遇的同一種鳥類已無法交配繁衍，因為牠們不能溝通——牠們的「口音」已經改變，聽不懂求偶的鳴聲了。

試想如果全人類語言相同，溝通無礙，「就沒有不成就的了」，連上帝都難以容忍，可見語言溝通力量的強大。中華民族實在應該感謝秦始皇，當年不但沒有像耶和華那樣故意搗亂使得子民雞同鴨講，反而規定天下「書同文」——中國太大，口音無法統一，起碼書寫文字一致，兩千年後廣州人遇上溫州人可以筆談，這真是人類文明史上最了不起的貢獻之一。

世間語言成千上萬，從前的人只要不跑得太遠問題就不大；現在交通無遠弗屆，語言溝通成了人們最迫切的需要。上個世紀初流行過一陣「世界語」，可惜只有寥寥少數知識分子學習，很快就無以為繼了。二次戰後美國的強大加上電腦網路的推動，英語似乎具有「世界語」的地位了，然而離普及還差得太遠，於是翻譯工具成了許多現代人幾乎不可或缺的溝通用具。

平時我們求助於字典，但即使是最基本簡單的觀光客層面的翻譯，只靠字典都可能有誤讀。就拿餐館菜單來說吧，有些望文生義、不管上下文的逐字硬譯，就會造成搞笑效果。我見過中國菜單裡「帶魚」的英譯變成「攜帶的魚」，「醬爆」是「醬油爆炸」，「溜雞片」是「一片流浪的雞」……最恐怖的是「牛仔骨」成了美國西部牛仔（cowboy）的骨頭；而最「兒童不宜」的是有「乾」字的菜：由於大陸簡化字體，乾、干、幹三字合一皆為「干」，而菜單譯者用的是不知何方版本的字典或者山寨翻譯機，這個字一律翻成那個最最不雅的英文髒字，於是梅乾菜、香乾肉絲、乾炒牛河皆在不敢問津之列。

其實不止山寨字典會鬧這種恐怖笑話，一般的字典和電子翻譯機也不免會造出許多誤解，這是逐字翻譯無可避免的缺失。翻譯並不是機械的把一個字翻成另一個語言的同義字那麼簡單，因為牽涉到的不僅是發聲的轉換，還有因文化背景和傳遞過程產生的歧義；機械性的逐字單譯難以照顧到文法、語氣、多重意義和上下文的銜接，所以無法取代能夠思考的翻譯人；而譯者當然也有功力高下之分，信、達、雅俱備是翻譯的最高理想境界，要到達談何容易！

近來高科技龍頭們紛紛開始研發整句整段文字的翻譯功能，希望藉著參照上下文的完整意義而翻出更準確的譯文。谷歌和雅虎兩大網路龍頭，最近都研發出可以翻譯整段文字的高級功能；而且谷歌新近發展出的網上翻譯功能，號稱它龐大的資源檔儲存了豐富的現成文本，可以不斷改進譯文，可以互譯五十多種整段的文字，甚至還會發聲；雅虎接著跟進，成立了一套翻譯系統「巴別魚」Babelfish（這名字倒是取得蠻俏皮的）。我為之興奮不已——自古以來象徵世間語言障礙的「巴別塔」，終於可望在現代人的智慧發明下倒塌了！

我抱著期待的心情，為了比較兩者的高下優劣，我作了幾個試驗，首先就是把中文「巴別塔」這個詞翻成英文。谷歌正確譯為 Babel Tower，雅虎可離譜了：Palestinian other tower——「巴勒斯坦別的塔」！逐字硬譯就會鬧出這樣匪夷所思的笑話來。

接下來是文學常識測驗：輸入我翻譯過的經典小說《*Brave New World*》，谷歌果然譯為「美麗新世界」，中翻英亦然，可見他們的「資訊池」裡已有現成的最廣被使用的書名了。雅虎呢？英翻中是「勇敢的新的世界」，中翻英是 beautiful new world，顯然還是逐字照譯的產物。

再來就是整段文字了。我讓他們翻譯雅虎的一段囉哩八嗦的使用指南：After you've translated some text, click the button marked "Search the web with this text" in order to launch a search using the translation results as your query. 谷歌譯的中規中矩：「當你翻譯的一些文本，點擊按鈕標記為『搜索這個文本網絡』，以作為發動搜索查詢中的翻譯結果。」雖不通順但還不算太離譜。雅虎卻不知所云還帶夾生：「在 you' 以後：ve 翻譯了一些文本，點擊按鈕被標記的『搜尋與這 text』的網；為了展開查尋使用翻譯結果作為您的詢問。」

正當我對谷歌寄以厚望時，最後一道測試翻盤了。那是《紐約時報》關於菲律賓前總統馬可仕歸葬的一段報導：Two decades after his death, former President Ferdinand E. Marcos, whose body is in a public mausoleum, is being formally considered for a burial. 雅虎

讀者服務卡

您買的書是：______________________________

生日：　　年　　月　　日

學歷：□國中　□高中　□大專　□研究所（含以上）

職業：□學生　□軍警公教　□服務業

□工　□商　□大眾傳播

□SOHO族　□學生　□其他 ____________

購書方式：□門市 _____ 書店 □網路書店 □親友贈送 □其他 _____

購書原因：□題材吸引　□價格實在　□力挺作者　□設計新穎

□就愛印刻　□其他 ____________（可複選）

購買日期：________年________月　　日

你從哪裡得知本書：□書店　□報紙　□雜誌　□網路　□親友介紹

□DM傳單　□廣播　□電視　□其他

你對本書的評價：（請填代號　1.非常滿意　2.滿意　3.普通　4.不滿意）

書名_____ 內容_____ 封面設計_____ 版面設計_____

讀完本書後您覺得：

1.□非常喜歡　2.□喜歡　3.□普通　4.□不喜歡　5.□非常不喜歡

您對於本書建議：

感謝您的惠顧，為了提供更好的服務，請填妥各欄資料，將讀者服務卡直接寄回或傳真本社，我們將隨時提供最新的出版、活動等相關訊息。

讀者服務專線：（02）2228-1626　讀者傳真專線：（02）2228-1598

舒讀網「碼」上看

廣　告　回　信
板橋郵局登記證
板橋廣字第83號
免　貼　郵　票

235-53
新北市中和區建一路249號8樓
印刻文學生活雜誌出版有限公司　收
讀者服務部

姓名：＿＿＿＿＿＿＿＿ 性別：□男　□女

郵遞區號：＿＿＿＿＿＿＿＿

地址：＿＿＿＿＿＿＿＿

電話：（日）＿＿＿＿＿＿＿＿（夜）＿＿＿＿＿＿＿＿

傳真：＿＿＿＿＿＿＿＿

e-mail：＿＿＿＿＿＿＿＿

說：「在他的死亡以後的二十年，前總統費迪南德．E．馬科斯，身體在一個公開陵墓，為埋葬正式地被考慮。」文字雖不通順但意思還看得出，也大致不差。

可是谷歌一上來就犯下大錯：「兩年後他死後幾十年……」接下來更離奇：「前總統費迪南德馬科斯大腸桿菌，屍體是在公共陵墓，被認為是一個正式的葬禮。」我傻眼了：這「大腸桿菌」是從哪裡冒出來的？還好谷歌的翻譯附有逐字對照功能，一查之下，原來谷歌把馬可仕的中間名縮寫「E.」過度忠實且特富想像力地翻出了一個醫學名詞！

試驗至此，我熱烈盼望的心開始冷卻，同時希望工程師和醫生們在操作精密儀器或執行人命關天的任務時，千萬不要仰仗這些翻譯。

想起網上流傳的一則笑話：大陸某中學老師把肯德基炸雞店的廣告「We do chicken right!」發給學生練習翻譯。由於 right 這個字兼有「對」、「右」和「權利」諸種含義，以致一則四個字的廣告詞竟出現幾十個精采答案，例如：「我們做雞是對的！」「我們只做雞的右半邊！」「我們有做雞的權利！」「我們做的是右派的雞！」最勁爆的是：「我們叫雞有理！」

當然，我也把這句話請教了兩大翻譯系統。谷歌依然四平八穩：「我們做正確的雞」。雅虎還是逐字硬譯：「我們作雞權利」。兩者都有資格收進上述笑話的精采答案之列。其實就是「我們做的雞好吃」這麼簡單，管他什麼左右權利？要是電腦夠風趣，就會翻成：「肯德雞，呱呱叫！」

對於翻譯的信、達、雅的要求，機器再怎麼先進還是無法企及人腦的觸類旁通和靈活應變。看來要使巴別塔倒塌，人們還得耐心等待一段時候吧。在那天到來之前，我們只好自力更生努力學習外語，同時希望翻譯工具不斷改進，終有一天「做出對的機」來。

二〇一一年三月

盈盈的婚禮

舊金山灣區冬日多雨。十二月裡的這天毫不意外的下起了雨，到了傍晚雨勢轉大又特別冷。不過柏克萊附近這家濱海餐館裡的賓客似乎並不在意，室內溫暖如春，大家的臉色也全是喜氣洋洋的。

盈盈和凱特其實早在四年前兩人大學畢業之後不久，就已經登記成為伴侶了。可是兩人忙得一直騰不出時間來辦一個讓諸親好友歡聚一堂的熱鬧婚宴，直到盈盈中醫學院畢業、實習完畢考到中醫師執照，才有工夫挑了「冬至」這個節日，舉辦這場大家期待已久的婚禮。

兩個有藝術眼光又會自己動手的能幹年輕人，但凡今晚的場地布置、花朵的安放、桌上的擺設、送給賓客的紀念小禮物……，都是匠心獨具親手作為；甚至新人的漂亮衣服，也是擅長縫紉的凱特一針一線縫製出來的。

小小的一棵許願樹，是新人們的巧思，也是賓客親友們的祝福。

進門迎賓的桌上是一棵小「許願樹」，賓客親友將美好的祝願話語寫進紙片裡，簽好名字掛到樹枝上。從這個別致的「簽名簿」已可看出新人的巧思。

盈盈和凱特是在柏克萊加大同學時結識的。盈盈是華裔，凱特是盎格魯撒克遜後代，婚宴上自然華洋雜處，中英俱備。兩邊的父母親都來了，還有外婆、舅公、伯叔姑舅、手足堂表兄弟姊妹，加上同學好友，不但熱鬧，而且難得沒有一般婚禮的拘謹，氣氛非常輕鬆歡快。

大家期待著新人亮相，心中暗暗猜測她們會穿什麼樣的服裝——心靈手巧、多才多藝的凱特，會設計縫製出什麼樣的衣服給盈盈和她自己呢？

今晚的主題色是玉綠和銀白。嬌小的盈盈現身了，她穿著白色絲綢的長袖襯衫，領口有層層如大波浪的翻邊，有些像拜倫那個年代貴族男子優雅的風格，外罩高領鑲邊的綠色馬甲；豐美的長髮用小白花飾攏到耳後，瀑布般披瀉在背上。下身的高腰長褲是與領襟滾邊相配的墨綠色，瀟灑又雅致。

凱特出現，大家看到她的禮服都讚賞地笑著鼓起掌來。她像是從十九世紀英國的宴會廳走出來的人兒：綠色的低胸上衣，跟盈盈的襯衫同樣質料的白色長裙，外罩同款綠色高領鑲滾邊的短外套，領口還有一副中國式的盤扣。最可愛的是頭上一頂俏皮的心形小帽，上面綴著緞花和羽毛，還垂下一小塊面紗呢！

兩人像每一對宣誓結合的伴侶，對彼此作出莊嚴誠摯的愛的誓言。最出乎大家意料之外的是為她們證婚的年輕女子，一位百分之百的白種人，致辭說的竟是一口北京話！禮畢，證婚人宣告她們成為「妻子和妻子」，祝福這一對「新娘和新娘」。

盈盈是我的乾女兒。她從小就不喜歡胭脂花粉和華麗衣裙，讓我這做乾媽的感到無用武之地。然而這個聰慧出色的女孩是任何一對父母的驕傲：她出生在美國，可是中文程度超過國內許多高中生的水平；她寫出來的華語作文，根本看不出是出自一個從未在國內上過學的ＡＢＣ之手——這要歸功於她的外婆，一位慈愛的退休小學老師，從她小時就一個字一個字、一天天一年年教出來的。她當然能讀我寫的書，還把喜歡的章節翻譯成英文給朋友分享。行醫之餘，她也抽空學習中國書法，寫出的毛筆字遠勝過當今無數連毛筆都握不穩的人。

自小習舞，盈盈是個有專業水平的舞者，早在她中學年代我就看過她的舞蹈公演。然而在她精湛的舞姿中，我卻總感覺缺少了一點什麼——好像是一份其他女生都有的柔婉嬌媚吧……直到看她跳「女鍾馗」，身兼兩性不斷互換角色，而陽剛的身段和詮釋都遠勝陰柔，我才有了頓悟。

因為對她的關愛，我不免憂心在當今世間，她的人生之路、情感之路，會不會坎坷，會不會受傷。當我聽她提到「我的凱特」種種優點好處，最後宣告她們要取得正式的法律認證——結婚，廝守終身，我的欣慰喜悅真是難以言說。

前來參加的親友雖然都是興高采烈，但我猜想其中有些人或許還是經過一番思想的掙扎吧。盈盈和凱特，有幸生在此時此地——若在中世紀，等待她們的可能是火刑柱；即使是上個世紀中葉，在有些地方都有可能被送進精神病院，用禁錮和電擊來「糾正」、「扶直」她們的性向。即使是現今，就在這二〇一二年的歲末，她們依然難免遭遇誤解和排斥，受到來自自認「正常」、「正當」、「道德」的人的批判甚至仇視。凱特有一個姑媽，就寫信咒罵她將來會下地獄。

雖然加州最高法院在二〇〇八年五月承認同性婚姻合法，然而就在不久之後，將同性婚姻定為違法的「八號提案」卻作出了反撲。猶記得二〇〇八年十一月大選前，「八號提案」挾雄厚的資金和組織力量大舉宣傳，連一向對美國政治議題漠不關心的華人也被波及了。有位朋友家門口草坪上豎起了「支持八號提案」的廣告牌，我心想同性結婚礙著他們什麼呢？問他們這牌子哪裡來的，回說是教會牧師要他們豎的。

記得投票那天，我家後面的小學也有個投票站，幾個青年男女在站外拿著傳單，態度和藹地勸說前去投票的民眾對八號提案投「No」。冬天日短，天黑以後看到他們還站在寒冷的操場，我從家裡取了一些小點心送去給他們，心裡想的是：我的兒子也是差不多這個年紀啊，如果他要為爭取基本人權站在寒風裡，希望也有做父母親的人能為他加油……

有一個堅決反對同性結婚的親戚，所持的理由很妙：「怕這些人會帶壞我的小孩。」我想到李安早在一九九三年拍的電影《喜宴》，裡面歸亞蕾飾演的母親得知兒子是同性戀，第一個反應就是問他：「是誰把你帶壞的？」那是二十年前的老觀念了，可是直到今天，竟還有人一樣如此缺乏普通常識——你的小孩要是同性戀，再怎麼打壓成違法也阻擋不了；她或他要不是同性戀，不要說合法化，就算用槍頂著也一樣改變不了啊。至於這些既不殺人放火、又不包養強娶的同性戀者「壞」在哪裡，回答竟是引「經」據典的古老民族幾千年前的傳說戒律，讓人真有不知今夕何世之感。

更令人不解的是，既然無法把這些人「糾正」、「拉直」，卻又堅決反對他們結婚——也就是說：同性戀是不道德的，但是他（她）們若是要宣誓彼此相愛相守，過著「道德」的一對一忠誠守貞的婚姻生活，卻也不被許可——這是怎樣的道德邏輯呢？還有人說：同性婚姻不生小孩，違反人種綿延的天職，所以要禁。其實同性伴侶想要自己的孩子，可以經由先進的醫學達到心願；而且異性婚姻也多的是不能或不想要小孩的夫妻，難道也該立法禁止這些人結婚？更何況，既然一男一女的婚姻如此神聖不可侵犯，怎麼當今的離婚率如此之高？難不成也該立法禁止離婚？

記得剛來美國不久，認識一位中年華裔教授，娶的妻子是白人。那位太太告訴我：當年結婚時，居住的那個州不容許異族通婚，他們不得已只好開車到鄰州結婚。當時我感到不可思議，同時也領悟到種族、性別的平權，其實即使在美國這樣的社會都還是並不很久之前，由多少人歷盡艱辛一步一步爭取到的。正如同對有色人種的歧視，若干年後，人們回頭看從過去到今天對同性戀者的歧視，也會覺得不可思議吧。

幸運的盈盈和凱特，有這些通情達理、開明豁達的長輩和親朋好友，濟濟一堂笑語晏晏，婚宴的氣氛和樂又溫馨。盈盈的一位舅公，端著酒杯逐桌敬酒，讓她想到小時參加的婚宴都有這樣熱情的長輩，令她特別感動。她們那些花樣年華的姊妹、表姊妹和女友們彈唱搞笑，小朋友開心的跑來跑去，少男少女自在交談（包括我自己的孩子）……沒有人大驚小怪，當然更沒有父母親擔心孩子來這裡就會「被帶壞」。我想座中即使態度還有保留、心中還有尚未平復的疑問的人，在這樣的場合，也會因為對盈盈和凱特的愛和信任，而送上自己由衷的祝福吧。

在這個因為不能容忍異己而紛爭擾攘不斷的世上，一定還有許多還不能接受她們的人。但是只要有這麼些理解她們、尊重她們、深愛她們的親友，即使在這樣一個風雨交加的冬夜，依然可以溫暖如春。更重要的是，在人生路上，她倆有彼此——終身的旅伴。

（寫於二〇一三年六月二十六日，追記半年前一樁溫馨美麗的婚禮。今天，美國聯邦最高法院推翻施行長達十六年的《婚姻保護法》，判決同性婚姻應享有與異性婚姻同樣的法定權益；同時裁定加州「八號提案」違憲。）

回首未來
——《美麗新世界》二〇一三新版譯序

在人類文明史上，二十世紀是一座重大的里程碑。短短的一百年裡發生了前所未有的大規模的、世界性的科技與文化的飛躍與激盪；而二十世紀六〇年代，又是世界上許多地方的戰後嬰兒潮青少年，在各種思想衝激下付諸行動的關鍵時段。

一九六八——所謂「改變歷史的年代」[1]，那年我二十歲，在台灣大學歷史系念大三。在當時台灣戒嚴年代封閉的環境裡，像不少年輕人一樣，二十歲的我熱情、好奇、困惑，時時在尋求一些答案，雖然往往連問題都並不清晰。從接觸到的有限的文史哲書籍裡、從更有限的現實環境中，我憧憬著廣闊的知識世界，吃力地思索著「人類的幸福和前途」之類的大問題。以當時的客觀環境和我個人極為淺顯的知識，這種「求索」的局限和挫折當是可想而知的。

就在這時，一位動物系的男同學給我看一本英文「烏托邦」小說《*Brave New World*》。我正好剛讀過《一九八四》，也約略知道一些有關「負面烏托邦」的理論，看到這部充滿典雅的人文關懷與繁複的科學想像、又具有引人入勝的情節和瑰麗場景的文學作品，自然一讀就為之驚豔而不能釋手。當時這本書在台灣還沒有中譯本，兩個不知天高地厚的大學生，就決定把這本經典文學作品翻譯出來。既然他是主修生物，充斥著生物工程內容的前三章主要由他負責，之後我就接手，他幫忙查找資料。整個大四那年，我倆的課外時光就在合作譯書中度過；畢業前夕這項工作也完成了，書名定為《美麗新世界》，一九六九年在台北初版。直到一九八九年——在美國生活了將近二十年之後，對英文的掌握準確得多，並且對西方文化有了比較深刻的體會，我將舊版譯本對照原文仔細的重新校訂一次，除了失誤差錯之外，也將語意含混、西化句法及需要加上注釋之處都作了修整，並加譯了赫胥黎在一九四六年重版時寫的〈再版前言〉，出了《美麗新世界》修訂版。

而今又是將近四分之一個世紀過去，北京燕山出版社要推出三部「負面烏托邦」，其中的《美麗新世界》決定用我的譯本，於是我又將修訂版再度梳理修訂一遍，重新披閱之際不免感觸良多。這本書問世至今已經八十年了，廿一世紀也過了十多年，這個世界上又有了更多新的變化，更多赫胥黎當年未曾預言到的重大「成就」；然而這本二十世紀的文學經典，依然歷久彌新，依然值得每一代人細讀。

作者阿道斯・赫胥黎（Aldous Leonard Huxley）是英國文學家，一八九四年七月二十六日出生於英格蘭蘇利郡（Surrey County）的Godalming鎮。他的家學淵源正可謂是科學與文學的結合：祖父是十九世紀著名的生物學者湯瑪士・赫胥黎（Thomas Henry Huxley），嚴復翻譯的《天演論》的作者；父親里奧納德・赫胥黎（Leonard Huxley）是散文作家；兄長朱利安・赫胥黎（Julian Huxley）是生物學者；伯外祖是十九世紀名詩人及批評家馬修・阿諾德（Matthew Arnold）。他本欲攻讀生物學，然而在伊頓學校就讀時患了角膜炎，雙目幾乎完全失明，遂放棄最初的心願，藉放大鏡閱讀，進入牛津大學主修英國文學與哲學，在一九一五年得到學位。四年後與比利時女子Maria Nys結婚，不久遷居義大利，專事寫作，常有長短篇小說及散文問世。他的著述甚豐，除了小說，還有詩集、散文、戲劇、評論、遊記等等。

一九三二年，長篇小說《美麗新世界》（*Brave New World*）一出，即在知識界中轟動一時，被譽為代表二十世紀自然科學與社會科學間相互衝擊的一大巨著，後來又與《一九八四》、《我們》（*We*）二書共稱為二十世紀三個「負面烏托邦」文學代表作。其中《美麗新世界》更在新世紀初被肯定為二十世紀最重要的文學作品之一。

赫胥黎博覽群籍，涉獵至廣，加上才氣縱橫，小說作品題材之獨特、內容之包羅萬象，實非一般作家所能企及。他在書中引用了廣博的生物學和心理學的知識，為人類的未來作了一番推想和臆測；即使在二十一世紀的今天讀來，還是不免佩服其思想之超群絕倫、洞察如炬。書中不僅為科學極度發展下的人類前途作出警告性的預言，更刻畫出現代人在高科技無所不在的籠罩下，身不由己的孤絕無助之感，以及在極權管理統治之下，知識分子對個人尊嚴和思想自主的訴求。所以，這本書實在不可以視之為一般的「科幻小說」。

《美麗新世界》書名典出莎士比亞的《暴風雨》：劇中女主角米蘭達自幼在一個與外界隔絕的孤島上長大，當她首次看到一批衣飾華麗的人們，無知於他們邪惡的內心，脫口讚歎：「人類有多麼美！啊，美麗的新世界，有這樣的人在裡面！」曾見有人提及這本書名時，照 brave 這個字的俗義而譯成「勇敢新世界」，是不符原意的。

阿道斯．赫胥黎與他的祖父湯瑪士．赫胥黎，分別生活在兩個截然不同的世紀裡，而祖孫兩人的思想和著作也代表著十九世紀和二十世紀人類思潮的更迭，以及對世界未來理想的改變。在湯瑪士的時代，科學文明正展開壯麗的序幕，人類對自己的未來充滿著憧憬；在老赫胥黎的作品中我們可以看到樂觀、奮進以及無限的期待。反觀阿道斯的年代，人類正面臨著科學文明失控的威脅，兩次世界大戰讓世界和平的希望徹底幻滅。

阿道斯本人自幼深受眼疾之苦，妻子和自身都罹患癌症，加上親身經歷了兩次大戰，是以終其一生都努力於追求宗教的終極關懷，和人類的和平幸福。在他的作品中我們可以看到他疾呼個人的覺醒、在機械文明帶來的危機下自由和尊嚴的可貴。

《美麗新世界》不是一般的科幻小說。正如赫胥黎在他的「再版前言」中所說的：這本書的主題並非科學進步的本身，而是科學進步對人類個人根本的影響；所以物理、化學、工程等等的成就在書中是不言自明的，而扮演主要角色的是生物學、生理學、心理學等等足以基本地改變生活和生命質量的科學。正因如此，書中雖有嚴謹詳實的科學描述部分，卻並未成為「聲光化電」、機關布景的科幻小說。因而，《美麗新世界》最可貴的「預言性」並不在於其物質上的「預言」，而是作者的一份早於他自己時代的「危機感」——他寫這本書時才是上世紀三〇年代初期，那時的科技文明比起新世紀簡直可以說還在幼年階段：原子彈（更不用說核武器）尚未登上世界戰場的舞台（赫胥黎在「再版前言」中也提到原書未能觸及這項最具毀滅性的人類發明），而電腦操作、衛星通訊、太空科學、生態危機等等更是聞所未聞。然而早在那個時候，赫胥黎便已預見到：當人文意識薄弱，而行政控制強有力時，結合上優越的科技文明，將會是一個巨大的人類夢魘的開始。果然，《美麗新世界》書成之時，三〇年代的現實世界正處在二次大戰前路

「山雨欲來風滿樓」之際，而二次大戰的大規模殺傷性的酷烈，更加深了赫胥黎念茲在茲的憂慮：人類以科技自毀，和被科技極權奴役的在劫難逃命運。

書中對於高科技充斥而精神心靈貧乏的未來世界的描述，正是這部「負面烏托邦」最可怕的預言，也讓這本書的文學和人文思想高於一般的「機關布景」或者政治科幻小說。書中有些「預言」在後來某些歷史時空出現過，例如一個絕對專制極權的政府，消滅了昔日的經典書籍，只允許在嚴格檢查制度之下不會有礙社會安定的膚淺的消遣娛樂。有些預言在今天的西方世界可以看到類似的景象，譬如在那個以「人人都快樂」為口號的未來世界裡，快樂要靠催眠暗示和麻醉藥物獲得。而最「壯觀」的預言場景，是新世界的嬰兒全都是體外受精，並且大量複製，當然讓今天的讀者想到「試管嬰兒」。二〇一〇年諾貝爾生理醫學獎頒給一九七八年培育出第一位人類「試管嬰兒」的英國科學家愛德華茲（Robert Edwards）——等了三十年、五百萬名試管嬰兒出生之後才頒發給他，是為了確定那第一個「試管嬰兒」健康成長，而且生下了健康的第二代；可惜愛德華茲已經衰老失智，無法感受這份遲來的榮耀與肯定了。[2]

「試管嬰兒」其實就是人工體外受精，現在治療不孕症幾乎都用這個程序來受孕，沒有誰會覺得稀罕。可是這個嬰兒剛出現時確實有人大驚小怪，深怕人代天職，造出怪物。這就應驗到《美麗新世界》了——遠在「生物工程」這個名詞出現之前，這本寫於一九三一年的書就已預言了生物科技的角色地位。當「試管嬰兒」還是人們聞所未聞、甚至匪夷所思的東西，赫胥黎筆下的未來世界已經在更大的「試管」——玻璃瓶子裡培養嬰兒了。而書裡寫到刺激受精卵不斷分裂成數十上百的胚胎、大量製造的複製人，就是現在所謂的「克隆」。就像當年懼怕「試管嬰兒」一樣，有人怕「克隆」人會被用來作器官移植的犧牲品，也有人怕複製出邪惡壞人。其實這些憂慮是沒有必要的：最新的幹細胞研究可以複製器官治療疾病，根本不需要製造出整個人來；而且即使先天的基因可以複製，複雜的後天環境因素才難以掌控，要長成為完全一樣的人是不可能的。何況人類的同卵雙胞胎正是「克隆」，何可怕之有？至於現今精妙的整容技術，可以把人「整」成千人一面的明星臉，也算是另一種「克隆」吧。

其實縱觀百年來的科技發展，為人類的健康和生活品質帶來的正面效益還是遠超過負面的。像壽命大幅度的增長（二十世紀初人類平均壽命是三十一歲，到了二〇一〇年增至六十七歲，而中國則已達到七十四歲）、癌症的治療、骨科手術的進步、先進的生物醫學、免疫疫苗的普及、衛生條件的大幅提升，甚至基因改造食物解決饑荒危機等等；還有赫胥黎未能夢想到的互聯網對資訊交流和人際溝通的巨大影響，隨之而生的全球一盤棋的「地球村」概念……。但這把兩刃刀也同時帶來了負面效應：環境汙染、地球暖化、核子輻射公害、大量的物種滅絕、電子廢料、垃圾食物帶來的肥胖和相關病症、胎兒篩選造成的性別不均（以人口大國中國和印度最為嚴重）、上癮性藥物合法或非法的大量使用等等，這串列舉的名單還在不斷增加之中。

更有一項赫胥黎未曾料到的反諷：汽車工業在他書寫的當時是資本主義極端發展的代表，所以「汽車大王」福特在新世界裡變成了神，而他的首輛用裝配線大量生產的「福特T型車」（Ford Model T）的T字也代替了基督教的十字架，成了新世界裡資本主義宗教的符號。不料當年傲視全球的汽車工業首都底特律，今天竟已徹底破產；「福特」也不再是品牌，代之而起的是「矽谷」的電子和資訊工業新貴。風水輪流轉，下一個世紀又會是什麼樣的發明、哪一種行業帶動新一波的科技文明，在世上的什麼地方崛起當道，今天是很難預測的。然而對子子孫孫的未來，對「烏托邦」負面前途的憂慮和警覺，依然是人們不可揚棄的關懷課題。

負面的烏托邦是文學家作為人文關懷者的警告，《美麗新世界》書名是個反諷，可是《美麗新世界》的噩夢也未必都會預言成真。就像「試管嬰兒」曾經也備受質疑責難，如今世上已有數百萬名試管嬰兒，造福了無數不孕症患者。誰說科技帶來的未來世界一定是負面的呢？科技並不可怕，可怕的是人類自身的愚昧和邪惡。是以出身科學與文學世家的赫胥黎，終其一生都未曾放棄他對人類自我救贖的信心——正如他在「前言」中所提的：不為科學所役而役使科學，「神志清明」地為著一種長遠理想而生活的人類社會。

這本書並沒有為人類的重大問題提供解決方案（這原也不是文學家的責任），而是藉由那些難題引發讀者自行獨立思考——不盲從科技和權威而能作出反思。「穩定」固然可以帶來舒適，但同時帶來的是一致性；而正是能超越一致性的獨立思考，才能夠促使人類進步。所謂「科學」，原就是在既有的知識和理論之上，以獨立思考的精神，來突破、來創新、來提升的學問。《美麗新世界》的中文譯本，在台灣從一九六九年至今至少已印行了數十版；在過去四十多年裡，我已記不清有多少讀者直接或間接的告訴我，《美麗新世界》對他（或她）的影響；其中還包括在國際科學領域中卓然有成的人士，提及這本書啟發了他跳出框架去思考。所以我相信這本文學經典對年輕人——尤其是中國這一代的年輕人，不論在任何領域，都會歷久恆新有所啟發。

回顧從我最初譯書的青年求索年代，到如今生活的廿一世紀，赫胥黎那份人類自我救贖的理想依然遙遙無期，人類還沒有找到一個完美的、正面的烏托邦；但是人們已經有了夠多的反面烏托邦的例子——我們至少知道什麼樣的烏托邦是行不通的。但願廿一世紀的人類，起碼具備了這一點從痛苦中汲取出來的智慧吧。

最後要提的是：當年那位送我一本《*Brave New World*》，並且與我一道譯書的念生物的男同學，後來成了我的丈夫，現任美國史丹福大學醫學院教授，而他的專業正是生殖激素和不孕症方面的研究。

二〇一三年夏於美國加州史丹福

註1 對於一九六八年，美國《時代》雜誌四十週年特刊稱之為「改變世界的一年」（*TIME Magazine*, 40th Anniversary Special, 2008, "1968: The Year That Changed the World."）；美國《新聞週刊》雜誌稱之為「造就了今天的我們的一年」（*NEWSWEEK Magazine*, "1968: The Year That Made Us Who We Are." November 19, 2007）；《時代》雜誌二十週年特刊稱之為「形成一個世代的一年」（*TIME Magazine*, "1968: The Year That Shaped a Generation." January 11, 1988）；美國記者作家 Mark Kurlansky 的書則稱其為「撼動世界的一年」（"1968: The Year that Rocked the World.", 2004）。

註2 其實這個獎應該也頒給一位華裔科學家張明覺（M.C. Chang, 1908-1991）。胚胎移植、精子成熟、口服避孕藥都是張明覺的研究成果；張氏早在一九五九年就用體外受精方法成功培育出「試管兔子」。如果張氏還在世，諾貝爾獎至少應會同時頒予他——最早完成基礎研究的原創學者。

第三部

魔毯與萬花筒：在地圖之外

新版心願地圖

西元兩千年，《國家地理旅行者》（*National Geographic Traveler*）雜誌選出了五十處「熱愛旅行者今生不能錯過的地方」。之後不久我也在《中國時報》副刊專欄裡寫了一篇我的「心願地圖」，列出自己心目中「不可不去」之處；或者雖然去過、但還想以另一種方式重訪的地方。

而今又回到「人間」寫專欄，乘機檢閱自己當年的心願地圖，撫今追昔，看看十年下來實現了幾樁？

首先是《國家地理旅行者》和我自己英雄所見相同的地方：北非，撒哈拉沙漠——雖然我沒有真的走進撒哈拉，但總算去了北非的摩洛哥，到了沙漠的邊緣；當然也到了卡薩布蘭加——半個多世紀以來，電影《北非諜影》（*Casablanca*）讓人們對這個城市充滿浪漫遐想，其實它半點也不浪漫，更沒有「里克夜總會」這個地方。

1. 西藏公路上磕長頭的朝聖者。
2. 美提峨拉山岩峭壁上的修道院。
3. 新疆的塔里木盆地。乘著越野車，體會了穿越浩瀚沙海的滋味。

我倒是去了另一個沙漠：新疆的塔里木盆地。乘著越野車，用一個白天的時間，從北到南縱貫中國內陸最大的塔克拉瑪干沙漠，體會了穿越浩瀚沙海的滋味，目睹了綿延無盡的沙丘、小型龍捲風、海市蜃樓這些沙漠奇觀。

另一個首次造訪的地方是希臘，不過我沒有去《國家地理旅行者》點名的愛琴海上諸島，而是造訪了馬其頓省的亞歷山大大帝的家鄉，攀登了美提峨拉的山岩峭壁上的寺院——那些「懸空的寺院」絕對是令人肅然屏息的壯觀建築。

至於我自己的心願地圖——首先，我達成了一樁多年的心願：到了西藏。雖然經歷生平最嚴重的頭痛，但正是這類生理反應，讓我對這片高原充滿敬畏，也能開始理解宗教信仰與嚴酷神祕的大自然的息息相關。

我的心願地圖裡有幾處去過還想以另一種方式再去的地方，比如威尼斯：「任何季節，住上十天半月，寫生。」果真，八天的威尼斯寫生之旅比我期盼的更愉快更豐美，而且帶出了《威尼斯畫記》這本書。

另外一個重訪心願是日本京都：「春花、秋葉或冬雪之季。」結果春天和秋天我都去了，京都任何一個季節都不會令我失望。

當我十一年前寫下「北京：在一間四合院裡住一整個秋季，逛街看戲訪古訪友」這份心願的時候，北京的秋天叫「金秋」，四合院裡的菊花開得正盛，老朋友們精神身體都好，與他們歡聚不需要花上半天時間繞城三環五環……；可是現在已經做不到、也不想做了：四合院幾乎拆除淨盡，秋天「滿城盡是黃金沙」，交通惡劣到哪裡都去不成，「首都」變「首堵」，那些望山跑死馬的雄偉新建築只會令人灰心止步。而京中前輩老友多已凋零，昔時的歡聚飲宴彷彿如夢……地貌盡變人事全非，我永遠回不去那個心願地圖上的北京城了。

還有幾處地方，本來並未列名，但去過之後非常喜歡，值得列在旅人的地圖上：加拿大洛磯山脈（也是《國家地理旅行者》雜誌推薦的）：我用了兩天時間從溫哥華乘火車到班府（**Banff**），一路欣賞壯麗的山景；最後登上了遍布化石的史蒂芬山巔——原是億萬年前的海底，而今海枯了但石未爛。

布拉格：建築的博物館；而且除了建築之美還有文學、音樂、歷史，和橋。

越南北邊的下龍灣：像是中國的桂林山水走進了秀麗的海中。

最大的驚喜是「電腦領域」——當時列名在《國家地理旅行者》五十處非去不可的地方之一，我只感到好玩而並未放在心上；現在卻成了我日日造訪、不可或缺的一處奇妙地方了。

十一年，那些我想去的地方即使還在，也都悄悄地或者轟轟烈烈地改變著面貌。最大的變化可能是我自己——隨著歲月流逝和心境的轉變，我的心願地圖上的山川城鎮，也經歷著滄海桑田的遷移更易……

天方夜譚摩洛哥

北非、中東革命之火蔓燒，近期美國《新聞週刊》登了一篇特別報導，標題是：「五個革命爆發前必遊之地」。這五處壓力鍋邊緣的美麗國土第一名就是摩洛哥，特別是舊城瑪拉克奇（Marrakech）；其次是約旦（有著名的佩卓古城）、加彭（那裡的國家公園號稱「非洲最後的伊甸園」）、厄瓜多爾（有達爾文的加拉帕哥群島），以及尼泊爾（登喜瑪拉雅山的必由之徑）。《新聞週刊》奉勸大家要去趁早，一旦革命爆發就可能面目全非了。

這五處地方我只去過摩洛哥，而且主要就是去瑪拉克奇。這座城市曾是昔日皇城（「摩洛哥」字源就來自「瑪拉克奇」），擁有全國最大的迷宮般的市場，裡面有數不清的店面和曲折的窄巷，賣著五花八門稀奇古怪的東西。難怪間諜電影喜歡在那樣的地方拍，躲藏追逐的場景保證精采無比。

記得那裡有個皮貨店的店主問我要圓珠筆，說給孩子上學寫字；後來也有小孩來要筆，我怎能對那烏溜溜眼珠的小男孩說不呢？只好把最後一枝筆送給他。（不久之後我去西藏，特意帶了兩打圓珠筆，結果一枝也沒送出去——孩子們說：「學校發的有。」）

迷宮市場旁邊是號稱全非洲最大的市集廣場。白天還人煙稀落，一到黃昏就變成盛大無比的「夜市」，燒烤煙霧漫天，除了數不盡的吃食攤還有賣藥的、表演雜耍的、替人在手掌心畫圖案的、唱歌跳舞奏樂的、弄蛇的、算命的……大家摩肩接踵，好像全城的人都出動了。

我們到瑪拉克奇第一晚的湖畔夜宴，就像走進一千零一夜的神話裡。那晚天上一輪滿月，地上火把照明，帳篷、音樂、篝火、烤肉……還有騎駱駝，騎上去才知道駱駝有多高大，坐在駝峰上尤其驚險。娛樂節目是肚皮舞——後來發現凡宴必舞，那裡的人幾乎是無舞不歡。因為是伊斯蘭教國家，筵席上不供應含酒精飲料，可是一定有美麗性感的肚皮舞孃表演極盡挑逗的肚皮舞，伴舞的歌曲則是呢呢喃喃剪不斷理還亂的情歌。抽煙也是必有的，而且是用半人高的巨大精美的水煙筒大夥輪流抽。

因為是一場國際會議，還有不少來自其他中東伊斯蘭國家的人，我饒有興味的注意中東女子的服裝打扮：摩洛哥本地的還算開放寬容，黎巴嫩的女子是完全西化，約旦來的包頭巾但可以露臉，至於那些遮住半張臉的女士們我就無法攀談了。北非的夏天，我穿無領無袖衫還嫌熱，這些女子卻層層包裹：長褲、罩衫、外套、外加半長的大衣——而且都是深色的，當然還有頭巾；看她們氣定神閒的模樣，我想習慣真是最厲害的東西。

一位來自沙烏地阿拉伯的女醫生給我留下深刻的印象。她出身王室，算得上是一位公主；因為不是在自己的國度，雖然包著頭巾但露出了整張臉。參加這個會議她很快樂，她說：在她的國家，這種學術會議聽男女必須分座，中間隔一道板壁。

有一天會後大夥到湖上泛舟。天氣炎熱，有人要下水游泳，公主也嚷著要下水，人家笑她穿得這麼密實怎麼可以？誰知說時遲那時快，她

瑪拉克奇市場號稱全非洲最大的市集廣場。白天人煙稀落，黃昏後變身成盛大的夜市。

已經撲通跳下湖中，可是身上層層衣物浸水後變得沉重不堪，游不了多遠只好被人拉上岸。這是我第一次近距離接觸一位阿拉伯女子，一顆衣著無法束縛的心靈。

突尼西亞和埃及的革命波濤震盪了摩洛哥，全國上萬的年輕人發動「二月二十運動」訴求民主。眼看一場革命即將爆發，但願是一場和平的「茉莉花革命」，而革命後前景如何都還難說。在巨變來臨前夕，我驚鴻一瞥了這個古老文化國度的面貌，像一千零一夜那樣綺麗多彩。

二〇一一年春

軌道上的風景

雪、雨和「驛弁當」

「穿過縣界長長的隧道，便是雪國了。夜空下一片白茫茫……」川端康成的小說《雪國》一開頭就這麼寫著。

我在日本搭乘過幾次火車，印象最深的還是冬日——兩度從本州西北的秋田一路坐到東京，都是深秋和初冬。記得小津安二郎的電影《麥秋》裡，女主角家住離東京不遠的鎌倉卻要遠嫁到秋田去，在那個年代感覺上當然是遙遠得像充軍，即使是現在乘坐新幹線也得要四個多小時。一路上經過的不是繁華的都會，冬天走起來感覺格外空曠，正是想像中的日本的北國風光。車窗外匆匆飛掠而過的雪景，總讓我想到《雪國》開頭的句子，漫長黑暗的隧道之後豁然撲面而來的白茫茫冰天雪地，那鮮明的對照，雖是文字卻有一種視覺上的震撼力。

然而對於我，冬日乘坐火車的最早記憶，該是雨而不是雪。因為一切的記憶都是從童年開始，而我的童年是從南台灣開始的。至於後來人生行旅裡的天涯或者海角、飛雪或者豔陽，都是成長之後的旅途風光了。

那時，在台灣，從南到北需要坐大半天的火車。南部是感覺不到冬天的，得要上了北上的火車，走著走著，在催眠似的律動中，慢慢的，陽光黯淡下去了，天色漸漸陰沉起來，雨滴開始出現了，由疏而密，車窗上新灑落的雨珠追趕著舊的雨珠，匯流成越來越大的水滴，越來越急，追逐競跑似的奔向車窗的斜後下方……。不知為什麼，這些奔流的雨珠總使我看得出神，比車窗外遠處迷濛的田野更令我著迷。

童年的南國記憶中是絕對沒有雪的，所以印象中火車窗外的雪景國度，就只有日本了。

冬日旅行在日本雪國，其實一點也不感到淒涼。窗外的大地被雪覆蓋得平整妥貼，針葉樹上點綴聖誕樹般黏綴著棉花糖似的雪，落了葉的枯樹枝幹就被雪細細地包裹起來，微微胖了一圈。再好的雪景看久了也會感到無聊，但火車窗外的雪景卻像電影不斷改變，可以看上許久——直到非吃不可的「驛弁當」來到。

說起「驛弁當」，那又是童年火車記憶裡的一份鄉愁了。其實最早的火車便當，早在著名的熱騰騰的鐵路排骨菜飯問世之前，是月台上賣的那種便宜方便的飯盒，叫它作「便當」非常合宜。那時還未有極不環保的寶麗龍盒，月台便當盒是天然薄木片做成的，用完扔掉絕無汙染之虞。盒裡內容我至今還有清晰的視覺記憶：滿盒的白米飯，上鋪一片薄薄的豬肉，半個滷蛋，兩片醃漬黃蘿蔔。米飯冷而硬，豬肉的味道在吃過後來美味的「鐵路排骨」之後早已不復記憶，但當時吃起來總是津津有味，絕對跟旅行的興奮心情有直接關係。所以我直到現在，對用餐情境的重視，仍然遠遠超過食物本身。

日本火車的「驛弁當」正是童年月台便當的改良完善版，清爽可口。

日本火車上的「驛弁當」正是童年月台便當的改良完善版，所以非吃不可。便當盒是紙盒，通得過環保規格；而日本人是最懂得把冷食料理得可口的，這份長處正好充分發揮在便當文化上。至於便當內容，蔬肉類別、豐簡程度都有幾項選擇的餘地。

捧著這樣一盒雖算不上十分美味但也還清爽可口的「驛弁當」，襯著窗外飛馳而過的雪景，過去與現在、記憶與現實，糅合成一個難以界定的模糊地帶；就像旅途的某一個沒有名稱的中途站，喜悅和惆悵都是一閃而逝，如車窗外的雪地，當雪融時我早已在千里萬里之外，另一個國度另一個季節了。

海、大地與山

在美國住了許多年，卻極少有乘坐長途火車的經驗。美國基本上是個開車的國度；東北部鐵路網的那些火車，業務通勤的功能遠遠大過旅行觀光。十九世紀修建得那樣辛苦壯觀的北美洲橫貫鐵路，軌道下埋藏了多少華工的血淚汗水，如今基本上是用來運貨，還不曾聽到哪個人是搭乘火車橫跨北美的。

至於我居住多年的加州更是汽車天下，即便是景色最美的那段南加州沿太平洋海濱的鐵路線，也無法吸引到多少乘客；那些個小驛站面對著美得驚心動魄的大海，卻總是冷冷清清。

藍天碧海，寂寞的鐵道延伸在這些永遠不下雪的地方。短程的通勤火車當然是有的，但那不是我心目中的火車——得要那種能夠載著好奇的心靈到遠方旅行的，才是真正的火車。

歐洲大陸的火車比較接近我對火車旅行的要求，乘坐時若是抱著閱讀童話書或者偵探小說的興味，更會是非常愉快的經驗。歐洲的火車會令人聯想到童話，是因為鐵路經過的那些城堡，草原，丘陵，風車，吊橋，即使沒有故事書裡那樣戲劇化，也像是畫冊裡的圖畫放大了的饒富趣味。古老的城鎮從火車裡看出去也顯得年輕了，而現代化的城鎮又不像美國的那麼單調一致，歐洲的多采多姿從火車上最能輕鬆體會。壯觀的景色當然也有：看北歐的冰河（fjord），乘火車也是很適合的；我曾經從瑞典乘火車到挪威，峽灣的冰河像壯麗寂靜的太初世界，緩緩地卷軸般在車窗外舒展，只有從火車眺望才不會干擾那份莊嚴肅穆的美。

西歐各種等級的火車廂我都坐過，連兩人的臥鋪包廂都體驗過，運用一點想像力的話，是可以產生身在那些舊電影場景裡的錯覺。但我還不滿足，一直想乘坐的是上個世紀初的「東方快車」，那才是成人的火車童話；裡面該有絲絨窗簾，魚子醬和香檳酒，談吐文雅的神祕男子，珠光寶氣的貴婦，精明的偵探，逃婚的富家女，或許還會發生阿格莎·克莉絲蒂筆下離奇的謀殺案……。當然那是我一廂情願的幻想，但還是希望有一天能乘坐一次橫貫歐亞的東方快車，從西歐大西洋之濱啟程，經過中歐、東歐，翻過烏拉山進入亞洲大陸，穿過西伯利亞，最後抵達中國東海之濱。世上最漫長的火車之旅，可以讓我充分體驗火車能夠涵蓋的廣漠時空。當然，這又是我另一個關於火車的夢幻之旅，目前還在幻想的階段。

最怪異的火車經驗在印度。清晨與夜晚，火車站裡到處席地睡臥的旅客（或者無家可歸者）和洶湧的乞丐群，已是驚人又可悲的景象；更令人膽戰心驚的是火車廂外無數攀著掛著搖搖欲墜的「乘客」。強烈的對比是頭等車廂裡，鄰座西服筆挺、矜持有禮地讀著英文報紙的印度紳士，跟外面那些鋌而走險的窮人像是屬於不相干的兩個世界。不過當餐點端上來時，卻見他並不碰刀叉，而是用手指撥弄攪拌盤子裡那些熱騰騰濕淋淋的菜汁米飯，然後抓捏起來滴滴答答的送進口中……

漫長的火車之旅，我的最高紀錄是兩天兩夜，從北京到西藏，拉薩。之前我乘過從加拿大太平洋之濱的溫哥華到洛磯山脈的班府（Banff）之旅，為時兩個白天，中間那晚下車過夜。班府近旁的加拿大洛磯山脈的史蒂芬山巔（Mt. Stephens）有一處億萬年前的化石坡，用半天的時間爬上去看見的是此生難忘的景觀：滿山坡不計其數的灰黑色岩片，拾起來細看全是史前時代的蟲豸的遺骸，被億萬年的時間凝固保存至今。

然而與「世界屋脊」相比之下，登上北美洲洛磯山脈只是登高，乘青藏鐵路去西藏則是攀登天梯了。我想去西藏的心願已經很久了，都說到西藏最好不要乘飛機，應該坐車去，讓身體一路慢慢適應那裡動輒四五千公尺的高度。然而青藏公路的顛簸令我幾番猶疑，終於，一路通到拉薩的鐵路完成了！北京到拉薩的火車，四千多公里的路走了整整兩天，四十八小時的車程讓我見識了山岳的威猛。

火車上的第二個夜晚，青藏高原雄偉的大山就在外面，我初次感覺到一種神祕的震撼。當火車在鐵道上行進，規律的震動像心跳，主宰著我的心臟的律動。矇矓中覺知火車速度在減緩，越來越緩，想來是在進行艱難的爬坡——不是坡，是陡峭的山；放緩速度爬山時，心跳變為喘息。黑暗中掀開窗帘一角向外窺視，地平線以下是一片漆黑；但揉揉眼再細看又並非全然漆黑，遠處有極稀疏的燈火，還有移動的小光點，那是與我們火車線平行的青藏公路上的車燈——在這莽莽天地間孤獨的夜行貨車。其上便是無盡的星空。天似乎很近，燦爛無比的繁星像瀑布般，一路灑落到地平線上來。

那一刻，我忽然感到大自然的天道無親。星垂高原闊，驚心動魄的天路之旅自此開始，在世界最高的鐵路線上。

魔毯、月台票與便當

生活中有許多親切珍惜的事物，會逐漸隨著時間消失淘汰；戀舊的人想要挽留，往往無異於螳臂擋火車——幸好火車這樣事物不僅沒有被淘汰，而且因為速度的不斷提升和節省能源低汙染的優點，竟然仍是大有可為的交通工具，令我這名火車的忠實粉絲非常欣慰。

火車已有上百年的歷史，自然免不了許多更新；對於從小到大坐了幾十年火車的人，今昔差異的感受特別明顯。首先是那雄渾氣派、頭上頂著神氣的煙囪的老式火車頭，現在只有在博物館或玩具店裡看到了。車廂裡日新月異的舒適方便自然不在話下，但我還是很懷念台灣火車上兩樣被淘汰掉的好東西：一是月台票，一是火車上的便當。

月台票是專為接送的人提供的貼心方便。可能是鑒於買一張便宜月台票就混上車的「霸王」太多，不知從幾時起就取消了。記得有月台票的年代，火車緩緩進站，遠遠就看到迎接的人在月台上翹首盼望，相聚的快樂從那一眼就開始了。而那些手提大包小裹，還得扶老攜幼狼狽不堪的旅客，若能有親友在車門口接手攙扶，該是多適意的事。

送別亦復如此：送行的人一路幫著提行李、跟進車放上架，一邊絮絮叮嚀告別，才是理當的送別之道。至於隔著車窗淚眼相望、車子緩緩開動時依依揮手、加速時跟著追跑一截路……這種懷舊電影上常見的纏綿悱惻的鏡頭，月台票取消之後就沒戲了。

跟月台票制度被取消一樣，從前在機場接送親友的人都可以直到登機口，現在沒有登機證一概不行；送君千里，早在安檢關哨前十步遠的地方就得止步。前年美國東部一個機場就發生過一樁送行烏龍事件：一位中國留學生送他的女友上機，在安檢哨前依依不捨，竟然趁著安檢人員不察，繞過警戒繩溜進登機區與女友繼續殷殷話別。女友離去後他就打道回府，全然不知自己闖下了大禍。「九一一」之後的美國機場安檢人員是驚弓之鳥，見到監控影像裡有人闖關大為緊張，很快就追蹤到他家，逮捕了這位多情的羅密歐。我讀著新聞時就想到：要是機場出售類似「月台票」的派司，一定很受歡迎，也就不會發生這場虛驚鬧劇了。

火車站上的悲歡離合，曾經是很受流行歌曲青睞的主題，〈車站〉、〈離別的月台票〉都是大家耳熟能詳的台語老歌。不過台灣自從有了高速鐵路之後，再遠的南北兩地也能一日來回，此情此景就難以再現了。昔日淚灑月台心碎揮別的離人，當時最大的願望和夢想，除了有情人能長相廝守之外，大概就是有一張能在最短時間裡把自己帶到戀人身邊的「魔毯」吧。有了高鐵，南北兩地的距離立時縮短，思念的人一時半晌就能見到面，既是這樣，車站上的送往迎來就不是什麼大不了的事，月台票也就自然進入歷史了。

若是問我對這樣的高速「魔毯」還有什麼不滿意的，我想唯一的遺憾就是乘車的時間太短，短到竟然連吃一客便當的時間也不夠。近年我回台灣好幾次搭乘高鐵，一心想要在車上吃一次懷舊的鐵路便當——我這一輩人全都念念難忘那盛在圓形鐵飯盒裡的排骨菜飯，其眷戀之情可能不下於對當年的老情人。可是回台多次，卻至今還未能如願——我是說吃到鐵路便當這件事。先前幾次是乘車時間不對，非用餐時刻不供應便當，令人扼腕。上個月回台灣，一個人從台北搭高鐵到高雄，我特意辭謝了兩邊的午餐邀約而搭乘中午時分那班，像個計畫偷吃零嘴的小孩，懷著竊喜的心情上了車，餓著肚子苦等便當。終於餐點推車來了，可是——沒有便當！服務員說現在車上不供應便當了，只在車站有售。

我餓得頭昏眼花，盼到左營站下了車急忙衝向鐵路便當販賣鋪，說是二百元的便當賣完了只剩一百的，我也不管兩百一百有什麼差別，抓了一個就衝進計程車，只希望在便當冷掉之前坐在酒店房間裡大快朵頤，一解相思之苦。

好事多磨。酒店錯把我送進一間超級豪華套房，我雖驚喜但也很誠實的通知他們搞錯了；待到一連串交涉換房動遷手續折騰下來，我終於坐在自己原訂的房間裡打開便當盒蓋時，飯菜只餘微溫，內容也不是如我記憶中所期待的；而虛有其表的兩樣主菜排骨和炸魚，咬下去便知不是那麼回事，嚥下去更有些勉強。我不得不黯然放下飯盒，蓋上蓋子……

當時的心情，很有幾分像是終於見到了暌違多年、念念難忘的舊情人；只是乍見時就有幾分疑惑，交談幾句之後更覺不對勁，最後的結論是：豈止是時光流逝對方變了個人，根本就是另外一個傢伙冒名頂替他來的！再見不如不見，這是我給那些想再見老情人敘舊的好友們的忠告，現在也可以用在鐵路便當上了。

傷心之餘轉念一想：這樣也好，從此斷了我對台灣鐵路便當的苦苦思念；從今往後，我可以沒有牽掛的全心享受日本新幹線上花色繁多的「驛便當」，以及大陸「動車」的餐車裡供應的熱騰騰的盒飯（甚至還附送熱湯），而不會責怪自己不戀舊情了。

可是對於月台票，我還是未能忘情；甚至妄想月台票制度應該推廣到飛機場的登機口，甚至停機坪上呢！

更高或更遠？

九年了。至今依然清晰無比的記得九年前九月的那個星期二凌晨，我在加州家中床上被電話叫醒，紐約時間已是三個小時之後了，睡眼惺忪中電視上的畫面永生難忘，像極了拍得太真實的災難片。我不能置信地看著那反覆出現的鏡頭：一架飛機徑直朝著一棟高樓撞進去，一大蓬濃烈的火焰爆炸開來，高樓彷彿劇痛似的從傷口處折裂，瞬間煙塵升起遮蔽了大半樓身但你知道那濃煙後面負傷的巨廈在瓦解碎裂同時無數人在生死關頭驚怖呼號；就在這時第二架飛機，彷彿一顆慢動作的子彈射進第二棟高樓的軀體……

待到明白過來這不是災難電影而是真實，尚未完全清醒的意識已經感覺到一股世界末日的絕望寒意籠罩撲下。那個清晨，相信沒有一個身在高樓的人會感到安全的。

先前每次到紐約，遠遠看著那雙聳立的世貿大廈，已經習慣了當成紐約風景線的一部分。可是二〇〇一年九月的那一天，兩棟大樓天崩地裂峻嶺傾頹般在火海煙塵中化為礫石塵土的一幕，像是末日啟示錄告誡世人：這世間永恆屹立的姿態都是短暫的。而且，屹立的越高，傾頹時的殺傷力越大。

然而建造世間第一高樓的比賽還在繼續中，一棟號稱全球最高的大樓建成了，過兩年另一棟比它高的就出現了，或者預告將要出現。彼此比高，或者「欲與天公試比高」似乎是某些人類——尤其是男性——的心結。我雖然沒有懼高症，但對登上高樓的興趣從來就不大。台北 101 建成之後我曾住在步行一小段路即可及之處，更甚至就在連接的樓中買書吃食閒逛，也沒有意願登上那曾經一度是世界首高的樓頂上去。在吉隆坡，天天走過雙子塔就是沒想要上去。上海的金茂大廈和環球金融中心，只上到八十幾樓點杯酒，為的是眺望外灘那一片美麗的歐式建築夜景。

登高為遠眺，得有好景可觀才值得。有的城市遠眺好看，有的適合近觀細賞，台北就是要走在巷弄裡才看得出她那些最被稱道的精緻人文景觀。日本的京都也是：若是建起一座上百層的高樓，我再喜歡京都也不會上去的，更可能以後就不想去京都了——不過日本人大概不會對京都做出那樣的事吧。

唯一為著是高樓而登上的，只有很多年前，當我還很年輕的時候，登上了紐約帝國大廈，只為那座高樓的浪漫故事——電影《金玉盟》（*An Affair to Remember*）讓它成為戀人重逢的經典景點。也只有很年輕的時候才會做那種羅曼蒂克的傻事。

九一一之後，我對登上高樓的興致更是銳減，因為我省悟到對於一些人，高樓是霸權的象徵，而另一群與之為敵的人要扳倒那個象徵，便用一個激烈的行為來作抗議和恫嚇，甚至不惜開一架飛機撞上去。而這一切所為何來？高、再高，高上了天，終究還是要回到地上；地上那麼多問題，不是登上最高的高樓就可以解決的。就算高到了天外，到了太空，登上了月球，這紛擾的世間不會就此消失啊。

高樓只會把人與人的距離拉遠，道路和橋梁才會把人的距離拉近。看得遠何若走得遠？登得太高只會令人膽戰心驚，走得遠會令人心曠神怡。在所有的交通工具中我最喜歡火車，因為感覺最安全，又最自在：座位寬敞，不須綁安全帶，可以自由走動，可以眺望窗外景色，沒有暈浪問題，電氣化的火車不耗汽油不汙染空氣，萬一發生交通事故，倖存乘客的比例是最高的——更不用提經濟效益了。何況，我相信沒有任何瘋子會開一架飛機往鐵軌上撞的。

所以，與其比賽建高樓，不如比賽修鐵路吧。

二〇一〇年九月

海上的慈悲女神

福建莆田是丈夫的祖籍，雖然他並非生長在那裡，卻是從小就聽聞一位赫赫有名的「鄉親」：媽祖。長久以來，我也一直期盼能登上莆田湄洲島，參拜這位台灣民間信仰中最尊崇的女神的家鄉祖廟。不久之前隨著丈夫的尋根之旅，終於達成了這份心願。

媽祖從福建隨著早年移民的船隻渡海到台灣，成為台灣最普及而又獨特的民間信仰。在台灣，媽祖娘娘的地位之尊崇和廣受愛戴的程度，只要看每年陰曆三月媽祖誕辰的盛況就可想而知了。

廣東與福建接鄰，飄洋過海的人也多，媽祖的信仰自然因之而南傳，甚至隨著華僑遠及港、澳、東南亞；澳門的葡語發音 Macau 便與「媽祖」有關。美國舊金山中國城裡有一條「天后廟街」，正是因為那條洋名叫 Waverly Place 的小街上有座小小的天后廟——當年飄洋過海來到金山的華工，感謝媽祖保佑他們平安抵達，便以微薄的財力在一棟木樓的頂層建了一間極為簡樸的小廟；雖然香火不盛，規模更不能跟台閩的媽祖廟相比，但還是金山華埠一處重要的文化古蹟。

閩粵之外的其他省份，對於這位有地域性的女神就不那麼熟悉了。前些年我去江蘇太倉，原是想尋訪當年鄭和下西洋的出海處，無意間走進一座非常簡陋冷清的媽祖廟——可能當年鄭和在那附近出海時確曾供奉過媽祖，然而數百年以降，當地的後人多已不識她是何方神明了。其實關於鄭和下西洋的許多傳說中，不止一則提到艦隊在海上遇到暴風巨浪，媽祖顯靈保佑的事跡。

一到莆田，家鄉的親友聽說我們想參拜媽祖，便很熱心的陪同我們乘船去到湄洲島。近年來海峽兩岸絡繹不絕的信眾，把湄洲島的媽祖廟修得富麗堂皇，壯觀氣派；看到許多台灣進香團獻上的匾額旗條，一個個熟悉的城鎮地名，彷彿身在台灣了！

祖廟各進殿堂裡的媽祖像，塑造年代和造型各有不同；其中有一尊真人大小的立像，容貌特別慈祥美麗，還伸出手讓信眾牽握。我雖不迷信卻也忍不住上前握握她的手，似乎感受到千年來無數出海人掌心的溫熱——早年漁民出海，身在驚濤駭浪一葉扁舟裡，心繫冥冥中一位慈悲女神的照顧保佑，這是何等的託付與安慰！而這位女神不是高不可攀恩威難測的神明，卻原是一個海邊鄉下女子得道成仙，這樣的形象很容易深入人心。

湄洲島的媽祖像聳立在強勁的海風中，慈藹又不失威嚴。

我想：一個能夠投身大海救人的女子，縱使不是神仙，就憑她的勇氣和愛心，以及其後因之而衍生的傳說，讓討海人和渡海人在驚濤駭浪中感到安全，甚至近年出海「保釣」的船隻都要請一尊媽祖分身供在船上；為着她千年來對鄉親的庇祐，我也該誠心誠意地燃上三炷香。

最後登上湄洲島的最高點——也就是最高大的一座媽祖像的面海聳立之處，在強勁的海風吹拂中，瞻仰慈藹中帶威嚴的女神容貌，想像當年東渡台灣的「來台祖」們，捧著媽祖像供奉在船頭，航過風浪險惡的「黑水溝」，媽祖給了他們信心與希望。而今他們的後人回來參拜祖廟和媽祖本尊，當是心悅誠服地向她膜拜感恩吧！

在福建和台灣盛行不衰的媽祖信仰，已經成為值得研究的文化現象了；莆田學院就設有「媽祖研究所」。幾百年來，她的地位日益尊榮，歷代敕封「天上聖母」、「天后」，「天妃」，我卻覺得這些封號有點像是將她許配給天帝了，其實何不就稱「媽祖」呢？既尊崇又親和，像家裡的一位德高望重的女性老長輩，在一代又一代的口耳相傳中成了家族的守護神，溫柔慈悲地照拂著她的子民們，一代又一代。

丁丁和七寶鎮

上海市閔行區有個七寶古鎮，近年開發成了觀光景點，不過外國遊客知道的還不太多。古鎮號稱有千年歷史，小街運河石橋點綴其間，一派江南水鄉的風味。我慕名而去卻是為了一位畫家——其實應該說是兩位，一中一西，他倆半個多世紀的情誼。

我是先知道那位西方畫家的，因為他的連環畫太有名了。他就是系列連環漫畫《丁丁歷險記》（*The Adventures of Tintin*）的創造者，比利時漫畫家埃爾熱（Hergé），本名喬治・賀密（Georges Rémi, 1907–1983）。

丁丁系列漫畫共有二十幾部，自從一九二九年首次出現在比利時法文報紙的兒童版之後，就成為二十世紀最受歡迎的歐洲連環畫了，全世界有五十多種語言的譯本。八十多年來這套漫畫還在印刷銷售，聽說大導演史蒂芬・史匹柏也有意籌拍一部丁丁的影片。

丁丁也說中文。幾年前我在柏克萊一家舊書店看到中國少年兒童出版社出的中文版《藍蓮花》，那是系列中最有名的以中國為背景的故事，原名 *Le Lotus bleu*，一九三六年出法文黑白版，十年後重出彩色版。故事講述有些像「〇〇七」的丁丁帶著小狗白雪來到一九三〇年代的中國上海租界，身陷險境，幸好遇見聰明勇敢的中國少年「小張」拯救了他，兩人共歷患難結為好友，協力粉碎了一批日本人侵略中國的陰謀。

翻閱時我發現畫裡出現的中國字，不像大多數西方漫畫那樣胡寫亂塗，而是有板有眼的漂亮書法。後來才知道小張真有其人，「本尊」是一位當時在比利時留學的中國畫家張充仁。

張充仁（1907-1998）出生於上海七寶，擅長繪畫和雕塑，一九二〇年代赴比利時留學。在布魯塞爾皇家美術學院進修時，經教授介紹結識了同齡的畫家埃爾熱，兩人就像漫畫裡一樣交成了好友。正是由於張充仁，埃爾熱才有了以中國上海為背景的《藍蓮花》故事構想，張充仁不僅是理所當然的顧問，而且成為主角小張的原型；同時也參與了部分插畫工作，畫面上的市招、標語那些漂亮的毛筆字都出自他的手筆。學成後他遊歷歐洲，抗日戰爭爆發前夕毅然回國；一九四九年後陸續在上海美專、交通大學等校任教，同時藝術創作不斷。

當年張充仁回到風雨飄搖的祖國，不久便與國外的朋友失去聯繫。埃爾熱思念遠在

在七寶古鎮的雨霧中，丁丁和小張因為藝術的熱愛，讓他們友誼長存。

中國生死未卜的好友，便又創作了一部以「小張」為主角的《丁丁在西藏》，描述丁丁得知好友因為飛機失事身陷危難，不畏艱險翻山越嶺去到西藏，把小張從雪地裡救出來。雖是虛構的故事卻十分感人。在現實世界裡，兩位好友是分別近半世紀之後，才終於在他們初遇的地方——布魯塞爾重逢。

七寶古鎮裡有間張充仁紀念館，館中收藏張氏的藝術作品相當豐富；我喜歡他的油畫但更欣賞他的人像雕塑。看到他年輕時的照片，跟漫畫裡的「小張」果然十分相似，不禁莞爾。

在〈八十感懷〉自述中，老

畫家用秀勁的毛筆書法寫道：「竊以浮生若夢，事半隨緣。憶負召笈比京，不自意中結識比人埃爾熱。行年相若，親如兄弟……」接著敘述埃爾熱邀他合作《藍蓮花》大受歡迎，「居然人手一冊，家喻戶曉，風行半世紀而不衰者，歐人認為是以中國文化引入世界知識之著作。」返國不久中日戰起，繼之以世界大戰，「埃君懷念故人，多方設法覓仁蹤跡。終於四十七年之後，一九八一年重逢於比京。驚喜交集，無能言喻。」不幸兩年後埃爾熱就逝世了，張充仁以八十高齡再度赴歐時已無法再見，觸景生情，不勝今昔之感傷。這篇自述是館中最感動我的展品。

參觀出來門外大雨如注，在古鎮的雨霧中感覺彷彿置身在另一個遙遠的時空——那裡有兩個可愛的年輕人，對藝術的熱愛讓他倆超越了國界、戰亂和久遠的分離，而成為永遠的好朋友：丁丁和小張。

洞天佛地
——阿旃陀和埃洛拉

記得看過一則謎語：東西都是越削越小，什麼卻是越削越大的？答案是洞。

重訪印度，不免還是看人看神佛、看河看宮殿、看廟看陵墓……，可是最精采的，是看德干高原上的洞窟。

該怎樣對沒有去過的人形容阿旃陀（Ajanta）和埃洛拉（Ellora）？敦煌壁畫和雲岡石窟該是最接近的，可是阿旃陀的時間更久遠，埃洛拉的空間更廣闊。

就用雕像作比方說起吧：一塊石頭，鑿去周邊不要的部分，最後變成一尊塑像。想得大些，建築物那樣巨大的石頭，鑿去不要的部分，變成許許多多塑像。規模再想得更大，山壁上鑿進去，挖洞但不是全然的挖空，而是一邊往裡挖，挖出一進一進的殿堂，但不只是挖出空間，要同時「挖」出廊柱、雕像、龕、塔……到了這個階段就不僅是雕像，而是如同象牙球般的層層鏤空的精雕了——只是放大了萬千倍。

只有鑿掉、削掉、挖掉的土石，沒有從外頭帶進來的堆塑材料（除了壁畫的顏彩）；只有出的沒有進的，只有減法沒有加法。然而「減」出了雄偉壯觀的洞穴廟宇，甚至最後連洞頂也乾脆鑿掉，暴露到光天化日之下，像是在山岩裡沉睡了億萬年的藝術品被釋放出來了。

想到米開蘭基羅的話：「每一塊大理石中都藏有一個軀體，等待著藝術家把他帶出來。」這些石窟廟宇也像是原先埋存在山岩裡的亭台樓閣、神佛人獸，等待那些無名的藝術家和千萬個工匠一錘一鑿的挖掘出來。

在朋友中間隨意做了小小的「民調」，發現幾乎沒有人聽說過這兩處洞窟，還被反問我是怎麼知道的？說來奇妙，竟要追溯到佛教藝術「絲路」的最東端奈良：三年前的秋天參觀奈良法隆寺——世界上最古老的木造建築時，我驚訝的發現寺裡的伽藍壁畫，那唐代風格跟敦煌莫高窟的竟然無比相像；而法隆寺的「金堂壁畫」源流正出自於印度德干高原上的阿旃陀洞窟壁畫。從此「阿旃陀」就名列我的「必訪之地」了。

阿旃陀佛教石窟最早建於公元前一世紀，也就是兩千兩百年前就開始開鑿。公元五至六世紀的笈多王朝是阿旃陀最輝煌豐美的歲月，那段時期的壁畫和雕塑成了佛教藝術的經典，對後來中日韓的佛教藝術影響之深遠，敦煌和奈良都是最美好的例證。阿旃陀共有二十九座石窟，沿著河谷彎曲的峭壁開鑿，成為月牙形分布；其中五座是寺廟，廿四座則為僧院。寺廟大殿高聳恢弘，幾乎有歐洲大教堂穹頂大殿的氣勢。

正如同世上幾處被叢林或者砂石掩埋的古蹟一樣，阿旃陀也是佛教在印度式微之後被遺忘在懸崖藤蔓中千年之久，直到十九世紀一個英國軍官因為獵老虎而在無意中發現的。被掩埋的洞窟等於是被保護了漫長的歲月，而第一個「破壞者」也就是發現者——那個名叫 John Smith（真是再平常也沒有的英國「菜市場名」）的軍人，做了一個沒有公德心的觀光客的舉動：在一幅壁畫上簽下他的大名和日期。現在每個導遊都會指點給遊客看這個兩百年前的塗鴉。

說到壁畫，這本是來到阿旃陀的主要目的，結果一上來先就被石窟本身的浩大工程震撼了，接著從大門到內室，那些廊柱、雕塑、浮雕看得眼花撩亂，待要細細觀賞壁畫時，卻發現有些困難：首先，到底是有了一兩千年歷史，不少地方已斑駁脫損。為了保護壁畫，窟中照明極為微弱，導遊雖然備有手電，看起來還是非常吃力；照相更是困難，又不准許用閃光燈，用慢速度勉強照出來的多半效果極差。只好出來以後買一本說明詳盡的畫冊，回家後慢慢與記憶中的畫面對比欣賞。

1. 26 號石窟臥佛。
2. 阿旃陀石窟全景。
3. 阿旃陀 19 號佛教石窟。

即便如此，畫冊還是遠遠無法與現場的觀賞經驗相比的。在幽暗的石窟裡，憑藉一縷微光，壁上柱上梁上和天頂上的菩薩天女甚至花草走獸，那種鮮活豐美是古印度的，卻又那般熟悉親切，聯想到的不僅是敦煌莫高窟、京都法隆寺，甚至還有新疆沙漠裡的千佛洞、絲路殘跡小佛寺……那些壁上的色彩、身段、姿態、形貌，穿越迢遙的時空彼此呼喚接引，匯成了一條從未間斷的藝術長河。

來到阿旃陀「朝聖」，當然要順帶看不遠處的埃洛拉。這趟印度之旅是「三人行」，這麼小的團隊可以有最大的自由度，日程、路線、停留時間長短，都由自己決定。既然重點是兩大石窟，我們就把它們安排在旅程第一站，趁著體力還沒有被印度的炎熱和跋涉之苦折騰殆盡，或者陸空交通工具延誤耽擱（這在印度是家常便飯），甚或身體健康出了狀況（雖然該打的防疫針都打了，還是要防於萬一）這些意外發生之前，先完成主要任務。於是我們從孟買直飛到奧蘭卡巴德，從那裡乘兩小時的車入住一家可以眺望得見埃洛拉石窟的客棧，住上三天兩晚，從容看石窟。第一天看了阿旃陀，三人都嘆為觀止，沒有想到更壯觀的石窟群在埃洛拉等著我們。

埃洛拉的三十四座石窟也是開鑿在高崖山壁上，以新月形綿延兩公里。由於岩壁的坡度不像阿旃陀那麼陡峭，因而前庭寬闊足以行車停車，遊客無需走足兩公里。幸好如此，經過前一天阿旃陀烈日下的爬高下低，第二天的體力已不如第一天了，若要步行全程，恐怕就沒有力氣看完幾個精采的大石窟，更不用說後來還登上背後的山頭俯瞰全景呢。

面對埃洛拉的石窟建築，我必須一再提醒自己：這些是「減」出來的，不是「加」上去的。尤其最壯觀的十六號洞窟——那根本就不是「洞窟」，而是一個大型的神廟建築群；要不是後方部分還連著山，真會忘記腳下和周圍的台柱樓閣都是山石本身，而錯以為眼前這些是從地上建起來的。作為山的一部分，這些世上最牢固的「建築」，任憑再大的地震襲來也只會動搖而不會傾塌。

如果只許看一個石窟，那麼只看這座十六號窟——全世界最大的石刻神殿凱伊拉薩（Kailasa），就可算是不虛此行了。這座神殿——對，我不能像稱呼其他的那樣稱之為石窟、洞窟、石刻廟宇等等，這是一座（稱之為「座」還是太藐視了）從山頂上往下挖掘的建築群，包括巨柱、塔樓、大型群雕和數不清的浮雕。初看時我想到埃及的卡納克神廟，可是隨即否定了這個聯想：卡納克神廟雖然壯觀，還是一塊塊石頭堆砌出來的；而凱伊拉薩是「挖」出來的——把半座山掏得半空，沒有掏空的部分就是這些建築：繁複多層的塔樓、以象群圍繞氣勢磅礴的「戰車」巨雕、佛塔廟宇上下左右不計其數的立雕浮雕半浮雕……最後連頂都挖掉一大半，讓這壯麗景觀展現在藍天烈日下。

我不喜歡記數字，那些幾十米長、幾十米高、幾千名勞工等等的數目字我記不清，只知道人群在它們高聳繁複的塔樓雕像面前和腳下顯得如何渺小而單薄；我記住的是時間的數字：這一個「洞天」的工程總共用了一百五十年到兩百年的時間。還有一個完全超出我對量的概念的數字：被挖掉的、運出去的石頭，有二十萬噸——我換算一下，大約是五萬頭大象吧。

人們愛用「鬼斧神工」形容這些建築，但我只看見斧工而沒有鬼神——只有人。想像在孟買或者德里街頭看見的那些人，平常的印度人，多半瘦削、黝黑，深濃的眉眼，徐緩的動作，左右搖晃著頭表示同意，神色有些憂慮但不焦急，更不動怒（一位商店老闆對我說過：「我們印度人最不缺的就是時間和耐心。」）；年輕的、不再年輕的、年老到難以相信他曾經年輕過的……這些人，緩步，蹲踞，凝視，喝茶；想像一千年前的他們——他們的祖先，左手持鑿、右手執錘，叮、叮、叮，一聲聲一分分一天天一月月，雨季來了又過去，一年又一年，時間緩慢，但在這樣炎熱的氣候這樣酷烈的太陽下人卻很快老去，甚至逝去……。不怕，印度人相信過了今生還有來生；四、五代的工匠，代代相傳，會有輪迴轉世回來繼續挖鑿的老靈魂嗎？

一千多年前當然沒有電腦製作３Ｄ藍圖，完全不能想像當時的建築師、設計師們，是如何擬劃設計這樣從極巨大到極細緻的繁複圖樣？就算他自己腦海中有一整個鉅細靡

1. 埃洛拉 29 號石窟，為濕婆天神與妻子。
2. 埃洛拉 10 號佛教石窟。
3. 埃洛拉三十四座石窟開鑿在高崖山壁上，從後山觀看石窟。

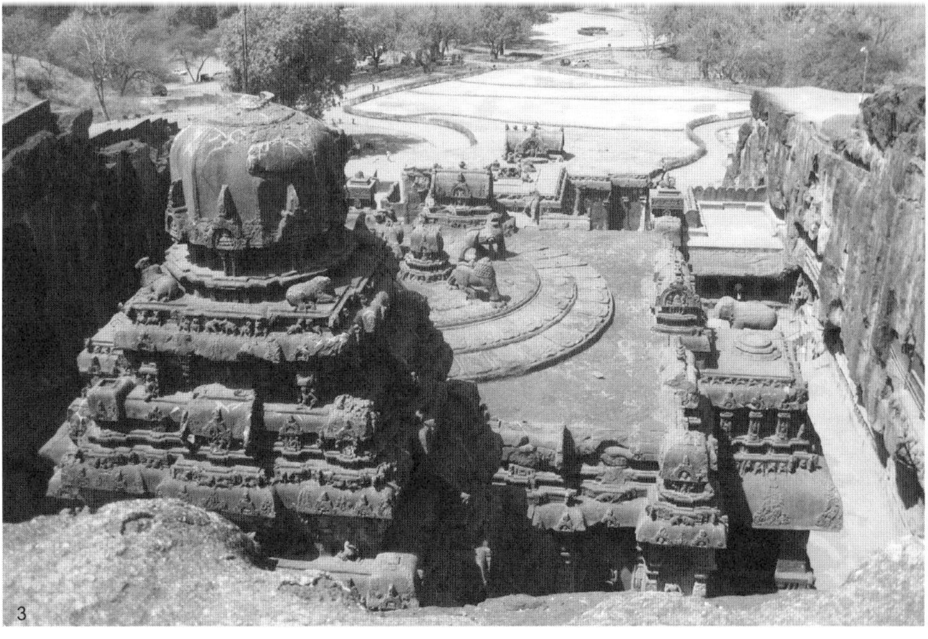

遺的洞穴建築大綱和內部細節，他又是如何將想法和理念傳遞給他們的助理、工匠、學徒，而且代代相傳？明知終自己一生也看不到作品的完成，不要說兒子也看不到，連孫子都看不到。還有，那個為了紀念戰爭勝利而投下龐大的人力物力的建立者——那位高權重、凡事都能隨心所欲的國王，也必須耐心的等待，一直等到他生命的盡頭，也或許只能瞥見一個粗糙模糊的雛形；以後即使改朝換代，這個工程也不能停頓，直到不知哪位幸運的國王，才能親眼看盡壯麗的全貌……

這是何等的耐心和信心，耐力和信念的極致！

埃洛拉還有一個動人之處：不像更早的阿旃陀只有佛教藝術，埃洛拉最特別的是三教合一：在高聳的巖壁上，莊嚴素樸的佛教，滿天神佛華麗多彩的印度婆羅門教，還有裸身苦行、但雕塑精緻細膩的耆那教，按著宗教興盛的時間開鑿鋪展；從公元六百年到一千年之間，十幾座、幾十座，有秩序地、安詳地一個個排下去。三十四座石窟裡以佛教的十二座最早，大約在五到七世紀開鑿；之後佛教在印度式微，緊接在旁的十七座印度教的石窟是之後兩百年裡完成，規模也最大；五座耆那教的最晚，而且看得出先前二者在藝術形式上對後者的影響。

不像世間有些勢不兩立水火不容的宗教彼此尋釁爭戰，這三大宗教像三家好鄰居，先開工的沒有霸占住山頭，後來的也沒有蓄意要去破壞先到的，當年的和現今的朝聖者可以隨意逐個走下去、看下去、欣賞膜拜下去……在這裡看到宗教的原意和境界，就該是如此平和的相連相處相融合著。慈悲與寬容，在埃洛拉做了莊嚴而美麗的見證。

二〇一三年五月於美國加州史丹福

印度萬花筒

記得許多年前有個英國朋友對我說過：「我和妻子每次去印度，快離開的時候都賭咒發誓再也不去了！奇怪的是，過了些時候我們就會很想要再去。」我當時還不曾去過印度，聽了覺得難以理解；但是自從十三年前那次短暫匆忙的印度行之後，我就一直籌畫著再去印度，而且要是一次時間和路程都比較從容的行旅。

那次短暫的印度之旅讓我念念難忘的是色彩、建築、歷史、氣味，和舒緩的時間……當然還有人，形形色色的人，那一切交織的繽紛斑斕如千百張流動的幻麗織錦，離開越久越想念，越想再回去體會。

十三年過去了，其間幾度因為有事而改變計畫，甚至有兩回連機票都買好、行程都訂出來而臨時取消的。到了終於成行之際，我想起那位英國朋友的話。

我很喜歡那本關於印度的英國小說的書名：「A Passage to India」——不僅只是印

度之「旅」，還有一種延續通往的意味。我用來作為這趟印度之旅的代號。

印度之旅絕非一般輕鬆的旅遊。上路之前我就作好了心理準備：在印度，沒有什麼事是說得準的；旅人必須隨時準備面對驚奇——不一定是驚喜。

第一關：申請簽證

想去印度，第一步當然是申請簽證。打這第一個交道就嘗到印度驚奇的下馬威。

印度旅行簽證只能上網申請，也只能在網上填寫，然後打印出來掛號寄去他們的代理機構（或者親自送上他們的使領館，如果你有幸住在有印度衙門的城市）。原以為替我們安排行程的旅行社可以代辦，就像到世上其他需要簽證的國家一樣；不料印度旅行社寧可不賺費用，也不肯效勞。後來才知道，那種麻煩絕對不值得幾十美元的代辦費。

我打起精神上網填表，發現除了姓名住址幾項非常個人的項目之外，絕大多數的問題必須選用他們提供的選擇點擊回答。申請表其實就是身家調查，查三代，除了父母還要交代祖父母，特別要問三代裡有沒有巴基斯坦人。戰戰兢兢填完第一頁，卻在要翻到第二頁之際就被踢出網站，只好從頭來起把第一頁再填一次，又再被踢出，如是者一而再再而三，像薛西弗斯一樣一次次推石頭上山又滾回原地，脆弱的人在這裡就放棄了。

天才的軟體設計師大概也料到會有這個問題，一上來先給你一個號碼，說是萬一被踢出去可以循號碼回到填好的第一頁。可惜就算有號碼還是回不去，還是得重新開始。後來才知道問題出在我的電腦是蘋果麥客，可是他們又不聲明不吃蘋果，幸虧在我正要放棄的關頭，我的好友（也是未來的旅伴）指點我換用PC才竟全功。

千辛萬苦來到第二頁，填寫職業欄，也是不能自己填，要勾選他們提供的幾十個職業。如果你的職業不平常，不在他們選擇範圍內，大概就沒有福分去印度了。職業照英文字母排名，我的職業「作者」writer排在太後面，我懶得走那麼遠，一看到「家庭主婦」housewife，想說這也可以吧，就勾選了「家庭主婦」。不料一按「家庭主婦」就出現許多需要另外回答的問題：丈夫的姓名？職業？收入？父親的姓名？職業？收入？意思是一個家庭婦女怎能養活自己，更不可能去印度旅遊，所以需要填寫是誰養妳，並且需要證明那個男人養得起妳。我更懶得理會，只好往下找到「writer」按下去，誰知這下更不得了：需要另填一份宣誓書，鄭重發誓本人不是記者，保證自己到印度不拍電影、不作報導。（不知我現在寫的算不算報導？）

戰戰兢兢填寫完畢，總算大功告成，估計花掉的時間足夠飛去印度了。真像是要到天竺取經，先要做足磨難的準備功夫。

第一道大門

這次我們從「印度的大門」孟買入境。可能是由於多年前印度作為歐亞之間中轉站的緣故，印度機場的國際航班都是午夜之後到達。這麼大的「印度之門」孟買機場，出飛機居然沒有天橋，而要拎著手提行李步下顫危危的扶梯。好不容易取到托運行李，竟還要排長龍再通過一道X光檢查才能帶著行李出去。這兩大下馬威對疲倦到崩潰邊緣的旅客，真是壓死駱駝的最後兩根稻草。我們住的雖是離機場最近的「轉機旅店」，還是折騰到凌晨三點才睡下。

關於印度機場，我們再來搭乘國內航班時才發現一個很可怕的規定，就是「憑票入場」——現在大家上網訂購電子票，沒有人手持紙張機票了，旅客都是進了機場直接到櫃檯或自助機器，用身分證件取得登機證即可……可是印度不行。在機場大門口就有警衛要看購票證明，檢查身分證，二者對照無誤，才准許進入機場。幸好我們備有一份打印出來的機票訂位單，否則就根本進不了機場上不了飛機，想想都要出一身冷汗。那麼臨時到機場才買票的人豈不是也不得其門而入？在印度常會出現起死回生的通融辦法，我就懶得過問了。

次日我們有一個上午的時間逛孟買。城裡當然不乏漂亮的英式混合印度風格的建築，同時從公路邊就可以俯視貧民窟的屋頂。而隔著公路不遠，就是印度第一富豪的宅邸——樓高二十七層，據說樓裡有六層是停車場，三個直升機坪，以及不計其數的游泳池。從建築外觀上看，這棟超級豪宅更像是棟公寓大樓，而不是個四口人的住家（至於僕從有幾百名就不得而知了）；形狀除了幾個凸出的陽台之外，跟一般的公寓大樓沒有兩樣，看不出有任何建築學上的創意與美感。

從這棟全世界最昂貴的私人住宅大樓上，想必可以清楚望見全世界最大的貧民窟。印度的貧富懸殊對比如此強烈，換成別的國家恐怕早就鬧革命了，印度卻安然無事——就算有事也是宗教衝突，不是階級鬥爭。「階級」早就存在種姓制度裡，生下來是哪個階級永世難以翻身，「賤民」們可能覺得革命也沒用，就認命等待來世吧。

印度的街頭風景特別有意思，因為平民百姓的生活就在路旁——吃喝乞討，理髮方便，討生活和過日子都在馬路邊公眾領域進行。或蹲或站無所事事的閒人很多，他們倒也不是完全遊手好閒，眼看一輛車拋錨了，立馬出現四五個人一起，一二三推到路邊去。

我所到過的城市沒有不希望減少噪音的，除非必要別按喇叭，是文明的表現。印度卻鼓勵司機按喇叭，跟在大車卡車貨車後面，看到車尾幾乎都不例外的漆上「horn please」（請按喇叭）字樣，本來就擁擠不堪的街道其熱鬧可想而知。

咖哩和馬薩拉茶

上路之前跟一位朋友一道吃飯，他好心叮嚀：「多吃點，到印度就沒得好吃的了！」這位朋友並未到過印度，是從耳聞傳說得到這樣的印象。我卻並不在意：旅行就是要嘗試體驗當地的生活，而飲食是最主要的一項；好不好吃是各人口味，只要吃下去不生病，越「本土」越好。

朋友倒是說對了一半：首先，在印度很少看到新鮮蔬菜的料理，而肉類的選擇不多，做法也缺少變化。其次，在印度喝不到好酒——印度飲酒不普遍，有些邦甚至根本禁酒，還有些地方法定飲酒年齡晚到三十歲；公眾媒體不准許酒精飲料的廣告，很多外國遊客不涉足的餐館根本不賣酒。

印度人多為素食，吃葷的人也幾乎都不碰豬肉；而牛是印度教的聖物當然不能吃，於是到處可見踱步覓食的聖牛，因為沒有人餵養而瘦得皮包骨。據說有非印度教的人，半夜偷偷捕殺牛隻，賤價販賣地下牛肉給非印度教的窮人吃——餓死事大啊。吃鴨子是聞所未聞，更別說其他的山珍野味了。所以在印度要「開葷」最常見的就是雞，我們從南到北自西往東，一路的葷食都是印度特色的泥爐烤雞（Tandoori chicken）。

還好印度米飯不錯，我們的晚餐多半是泥爐烤雞配飯，佐以印度唯一的 Kingfisher

啤酒。想吃蔬菜？菜單上都有「混合蔬菜」，端上來是泥醬般的東西，已看不出菜的原形或原色，只好用印度餅包著吃——至少印度麵餅我知道是什麼做的。

從前以為「咖哩」就是一種印度食物香料，後來才知道「咖哩」只是一個通稱，內容非常複雜，稍加變化就是不同的咖哩；但不能缺少的主要素材有丁香、芥菜籽、小茴香、薑黃、紅辣椒粉等等。我先入為主吃慣了日本風味的咖哩，偏甜且僅微辣；待吃到正宗的印度咖哩，相比之下日本咖哩像清酒而印度咖哩像烈酒。

印度最好喝的是加了特殊香料的奶茶——「馬薩拉茶」。Masala這個字就意為香料，紅茶葉裡摻有八角、肉桂、荳蔻、胡椒、生薑、月桂葉，但不掩茶香，再加糖加奶，簡直會喝上癮。

熱得實在受不了時還是想喝點涼的，卻又不敢喝水，只好喝平常不碰的瓶裝可樂。但隨即聽說印度可樂也不保險，很可能是回收瓶裝的「國產」可樂，所以最安全的還是回頭喝滾燙的熱茶，而且最好是裝在「一次性」的黏土杯裡。照理說印度的「回收」是全世界做得最徹底的，貧民窟的小孩都靠從垃圾場尋「寶」過活，怎麼會有像小土杯這樣用一次即丟的東西？原來這是一種用黏土捏製、稍作烘烤的極粗糙的小杯，用完一次之後就摔碎再揉製。據說原先是印度種姓制度下的產物：「賤民」用過的杯具即使經過清洗，其他階層的人還是不能用（頗像《紅樓夢》裡，劉姥姥喝過的茶杯妙玉就預備砸掉），於是最廉價的「一次性」土杯就被廣泛使用了，不僅解決階級問題還提供了衛生條件。注入這種杯裡的奶茶不免帶點泥土，也算別具風味的「加料」吧！別忘了香料還有殺菌消毒之效，作為一個小心翼翼的旅人，吃起加了香料的飲食似乎也感到放心一點。

當年歐人東來，香料是最大的吸引之一。印度的香料就和他們的顏料一樣，五光十色，令人目眩神迷。走過路邊的香料攤，視覺嗅覺甚至味覺聽覺都活絡了起來，那是感官華麗的饗宴。

千年洞窟

從孟買入境，為的就是容易飛往下一站，不算太遠的奧蘭加巴德。從那裡乘車只要兩小時，就可以到我們此行的第一個重點。

奧蘭加巴德是個連三線都算不上的城市，機場竟然美輪美奐，出機也有天橋——印度真是永遠充滿驚奇。到奧蘭加巴德，就是為了看德干高原上的阿旃陀和埃洛拉兩座石窟群。

阿旃陀佛教石窟最早建於公元前一世紀，公元五至六世紀的笈多王朝是阿旃陀最輝煌豐美的歲月，那段時期的壁畫和雕塑成了佛教藝術的經典，對後來中日韓的佛教藝術影響之深遠，敦煌和奈良都是最美好的例證。阿旃陀共有二十九座石窟，沿著河谷彎曲的峭壁開鑿，成為月牙形分布；其中五座是寺廟，廿四座則為僧院。寺廟大殿高聳恢弘，幾乎有歐洲大教堂穹頂大殿的氣勢。在幽暗的石窟裡，憑藉一縷微光，壁上柱上梁上和天頂上的菩薩天女甚至花草走獸，那種鮮活豐美是古印度的，卻又那般熟悉親切，聯想到的不僅是敦煌莫高窟、京都法隆寺，甚至還有新疆沙漠裡的千佛洞、絲路殘跡小佛寺……那些壁上的色彩、身段、姿態、形貌，穿越迢遙的時空彼此呼喚接引，匯成了一條從未間斷的藝術長河。

埃洛拉的三十四座石窟也是開鑿在高崖山壁上，以新月形綿延兩公里。面對埃洛拉的石窟建築，我必須一再提醒自己：這些是「減」出來的，不是「加」上去的。尤其最壯觀的十六號洞窟——全世界最大的石刻神殿凱伊拉薩（Kailasa），僅到此一處就可算是不虛此行了。這是一座從山頂上往下挖掘的建築群，包括巨柱、塔樓、大型群雕和數不清的浮雕，全是「挖」出來的——把半座山掏得半空，沒有掏空的部分就是這些建築：繁複多層的塔樓、以象群圍繞氣勢磅礴的「戰車」巨雕、佛塔廟宇上下左右不計其數的立雕浮雕半浮雕……最後連頂都挖掉一大半，讓這壯麗景觀展現在藍天烈日下。光是這一個「洞天」的工程就總共用了一百五十年到兩百年的時間，被挖掉的、運出去的石頭，有二十萬噸。

阿旃陀的壁畫浮雕和埃洛拉的大神殿都堪稱人間奇蹟：窮數百年的時間和難以計數的人力，把山崖從上到下、從外到裡，鑿出亭台樓閣、藝術精品。而在《*A Passage to India*》書中也提到類似的洞窟，描述的卻是洞中的神祕氣息，是全書故事最富張力的重要場景。那個洞窟的原型在印度東北方，而阿旃陀和埃洛拉在中部德干高原上，論氣魄、精美和歷史價值，都遠非其他洞窟可比。

奧蘭加巴德還有座山寨泰姬陵，竟是那位建泰姬陵的國王沙加汗的兒子建的，「山寨」極了也摳門極了，連前面的倒影池都捨不得放水。去參觀他那像奶油蛋糕的陵寢，從一進門每個人都伸手要錢，講解員在講解之前和之後理直氣壯的要了兩次，他說因為他是個盲人。

我們住在埃洛拉附近的一家小客棧，是同行的友人在網上找到的，沒有評星級，但住過的訪客留言都讚好。去到一看果然滿意：占地很大，庭院空曠，可以遠眺埃洛拉洞窟的山崖；客房都是獨立小屋，到晚上幽靜得不聞人聲，在印度實在少見。搖頭晃腦的經理非常隨和，我們要求在院子裡用餐，他就讓小弟專程送到。

跑了幾個城市，住了幾處美國招牌的連鎖酒店，發現美國最平民化的幾家連鎖汽車旅店，到印度搖身一變都成了五星級高檔酒店集團。當然，印度酒店的星級標準，比在歐美一般要扣一顆到一顆半。

瓦納那西的聖河

印度恆河在瓦納那西那一段最神聖，印度教徒相信死在那裡靈魂可以升天，所以一年到頭來自全印度的信眾多到不可勝數；加上湊熱鬧的遊客，整個是全年無休的嘉年華。河邊通宵達旦的大拜拜人山人海，陸上河上都擠滿人——不止是活人，死人也有，而且可能更重要。全印度的人都想來這裡，最好是死在這裡，所以恆河邊上的各個等級的客棧特多，甚至有外國人開的；住不起客棧的也有辦法：河邊有一溜帳篷，鋪位出租。

總的來說，是印度信眾在陸地上，外國遊客在河船上。本以為這天如此大爆滿為的是特別節日，一問原來天天如此，若是特別節日就更多人了。簡直不能想像，在現在這種人山人海的場景裡再加上一倍人會是何等情狀，只慶幸自己沒有碰上慶典節日。

我們到的第一晚就去遊河，去河邊要先走過一條長長的夜市街，吃喝穿用的店鋪和攤販應有盡有。一個推著堆滿垃圾的板車的年輕瘦小的男子，一邊吃力地蹣跚而行，一邊快樂地大聲哼歌。我先是感到有點意外，隨即想他當然快樂——他就住在全印度人畢生都想來的聖地，離他們的西方樂土最近的地方呀。

往河邊的路上簡直水泄不通，我們在小販、遊客、香客、修行人、船夫中間穿行，很快就被節慶的氣氛感染，覺得自己成了這些人裡的一分子了。說時遲那時快，女友冷不防被人在眉心抹了一道胭脂紅，待她驀然回首要向那個為她點上喜慶祈福硃砂（bindi）的人道謝，那人早已在人叢中不知去向了。

河邊有許多賣祈福蠟燭的小販，我和女友買了好幾盞。祈福蠟燭嵌在一朵小花座中，點燃了，放進恆河水上，心中為遠方關愛的人默禱。在暮色或晨靄籠罩的河上我都放了好幾盞，注視那小小的火焰在水上漂遠，直到看不見。我為遙遠的人祈福，而近旁這些貧窮的小販和做粗活的人呢？前來的信眾就是為他們帶來衣食的人，是更實際的祈福吧。

次日清晨再去恆河，注意到有不少路邊攤販在賣一截一截的小樹枝，原來是他們用來作牙刷的「齒木」；還有最受歡迎的塑料水桶——來一趟瓦納那西不容易，舀一桶恆河水帶回家鄉去，是再好也沒有的紀念品和伴手禮了。奶茶攤也火光熊熊，用一回即丟的小土杯碎片已經疊了一堆。回來走小巷訪茶，只堪容兩人擦肩而過的巷子裡堵著一頭瘦稜稜的聖牛——怎麼辦？從牠前面擠過去還是後面？兩頭都有某種危險的可能，令我頗猶豫了一陣，最後還是屏住呼吸從後面火速穿越。

1. 阿旃陀佛教石窟壁畫和雕塑成了佛教藝術的經典。
2. 卡朱拉侯神殿前的舞者。
3. 卡朱拉侯的性愛神廟建於一千年前，在當時具有宗教和性教育的意義和功用。
4. 印度人相信，將骨灰撒進恆河裡，逝者的靈魂可以升天。

印度的石階井壯觀無比，層次井然又繁複，形成美麗的幾何圖形。

同樣的恆河畔，清晨時分跟夜晚載歌載舞的熱鬧狂歡氣氛完全不同，大概是因為那些安靜而虔誠的朝聖者吧——清晨來沐浴的朝聖者，男人多半半裸，有的甚至全裸、遍身塗了白粉的，就是耆那教苦修者；女人當然還是穿著紗麗，沒有露體的。他們大半身站在水裡，潑水洗頭臉上身，然後蹲下去浸泡全身，有的一而再、再而三地浸水，原來除了自己沐浴在恆河水中，每次浸水是代沒有能來的親友祈福。不遠處三個胖太太穿著顏色鮮豔的紗麗（紗麗幾乎沒有顏色不鮮豔的），手拉手，笑嘻嘻，動作整齊一致的蹲下站起、站起蹲下，一次又一次……她們的親友真多啊！

從船上看水畔的火光，就知道那裡有一場葬禮在舉行：在幾處特定的臨水台階上，幾個人抬著鮮花掩蓋的、裹了白布的遺體擔架，在恆河水裡浸了浸，將上面的鮮花取下，隨即抬去近旁的空地上焚化。骨灰就順手撒到恆河裡。他們相信，這樣逝者的靈魂就可以升天了。

我想到盛在那些塑料水桶裡作為伴手禮的恆河水，裡面的成分真是複雜到不可言說……但「聖潔」的意義是絕對不能從世俗的表象來計較的。也許恆河偉大的原因之一，就是如此兼容並蓄吧。

瓦納那西近旁有鹿野苑（Sarnath），是釋迦牟尼成佛後第一次講經的聖地。西元四到六世紀笈多王朝時代，鹿野苑是當時印度宗教與文化中心，玄奘法師目睹過這裡的繁榮盛況。而今在這佛教的發祥地，印度佛教徒卻只剩下全國人口的百分之五了。昔日的建築都不存在了，遺址已成廢墟，供人憑弔，但維持得非常整潔。除了少數遊客，還是有不少前來朝聖的佛教徒，看來都來自東南亞佛教國家，圍坐讀經念誦。

鹿也是有的，在炎熱的園子裡懶洋洋的踱步。近旁有婦人賣給我餵鹿的胡蘿蔔，可是鹿兒對那些乾癟的胡蘿蔔條興趣不大，愛理不理的；比起奈良東大寺會向遊客點頭鞠躬的馴鹿，這兒的鹿矜持多了。

卡朱拉侯的性愛神廟

絡繹不絕到卡朱拉侯（Khajuraho，我們的戲譯是「卡豬拉猴」）的遊客們不為別的，都是衝著那有名的 sex temples——性愛神廟的浮雕去的。

赭色砂岩建成的神廟高聳壯觀，分成東西南三處群組，每個群組都有大廟小廟，氣勢已是懾人。更驚人的是建築表面刻滿了繁複精美至極的人體浮雕，遠觀是美感，近看是性感，因為幾乎全是豐乳肥臀、充滿性挑逗的撩人裸體。然而再細看卻是喜感——多到不可勝數的肢體全在做那同一樁事，有異性也有同性，有人有獸還有集體多 P，而且多半是不可思議的高難度性愛姿勢動作（號稱有八十多種不同的姿勢），看下來的感想是「開什麼玩笑，只有瑜伽大師才做得到」，滑稽之感油然而生。更何況雕鑿與造型雄渾精美，面對一座又一座如此懾人的藝術巨構，就想不到淫褻之事去了。

卡朱拉侯的性愛神廟建於一千年前，在當時具有宗教和性教育的意義和功用；之後數百年都被當地人祕而不宣，直到十九世紀才被英國殖民者發現，公諸於世。從這些不忸怩不做作、率真到幾乎是諧趣的、呈現性愛美好的藝術傑作，可以想像一千年前的中世紀，當時的人對性的坦然健康的心態；對比今天印度對女性的壓迫、歧視和性暴力（新聞常報導新娘嫁妝不夠就被夫家活活燒死，或者遭到強暴的女孩被父兄當成家族之恥而打死等等），真覺得難以思議。至於全世界產量最大的「寶萊塢」電影，裡面的女星無不美豔絕倫，珠光寶氣能歌善舞，卻無助於對女性的實質保護，或者女性社會地位的提升。

仰著脖子看高處成百上千的雕塑，縱是精采萬狀的性愛表演也會吃不消；扭回發痠的脖子回頭看到一座平台上，一位穿鮮豔橘色的印度男子在做徐緩的舞蹈動作，頗有幾分中國太極拳的味道，他自管自的慢慢做著，也不像是表演。我看了一會不得要領。一個穿著非常華麗的紗麗的女孩，十一二歲吧，走過來跟我用流利的英語打招呼，問我哪裡來的之類的問題，並要求合影。我很想問她：妳父母親怎麼會讓妳來看這樣的雕塑？當然不會這麼冒昧。然後她就跟著跳舞打拳的男子，以及近旁幾名男女老少緩步走開，還友善的頻頻回頭跟我搖手道別。我實在猜不出這群人是幹什麼的。印度令人感到不可思議的事物實在太多了。

「石階井」

二〇〇六年有一部美國電影 *The Fall*（《魔幻旅程》），導演是印度裔的 Tarsem Singh，故事情節是「說故事」——在洛杉磯的一個醫院病房裡，受傷住院的男演員對一個跌傷的小女孩說了一個又一個精采奇詭的冒險故事，而電影拍出的故事場景也奇幻而魅麗。我看出許多地方是在印度拍攝的，其中有一場是在無數幾何圖形的石階上，穿著黑衣的兵士在白色的階梯上上下下奔走，視覺效果好到令我驚豔，當下就決定搜索這處神祕的地方——果然是在印度，叫做「石階井」（stepwell）。

「石階井」是印度特有的兼具實用和美學的工程，但是知道的人不多。若不是看了那部電影，也不會知道這樣一處奇妙的地方，我立刻將之列入旅行印度的必到之處。目前全印度保存下來的石階井只有五六處，我們看的這座叫 Chand Baori，在拉加斯坦省 Abhaneri 鎮，離齋浦爾不算很遠。

顧名思義，「石階井」是建有石階可以走下去的井。但印度的石階井壯觀無比，且因為層次井然而又繁複，而形成非常美麗的幾何圖形。石階是以六階為一組，幾十組成幾何圖形整齊重疊排列，四面環繞一個其大無比的露天「井」——這原本是藩王的夏宮，有游泳池大的「井」是為著積水取涼，又可作蓄水池用，高處還設有跳水板，可見當時還有水上運動表演助興。石階從地面建築的高度往下建，層層疊疊，所以無論井水多深多淺，水的高度在哪裡，都可以循石階走到水面取水。嚴整美麗的幾何圖形，充分顯示了古代印度人的數學頭腦。

為了看石階井，必須在附近一個小村落的帳篷裡過夜。沒有料到「帳篷」竟然跟旅館房間一樣，有水電、有供熱水淋浴的浴室、有床有桌椅。與我們這三人小團同時抵達的，還有一組十幾個美國人的大團；晚飯後店家安排了篝火晚會，請了一個樂團來跟大家載歌載舞。倦極睡下以後還隱約聽見鼓樂歌舞熱鬧到半夜。

第二天早上離開之前還有騎駱駝的節目：顫危危的坐在駝峰上，由牽駝人領著在村子裡溜達。從高大溫馴的駱駝背上，村落人家看得一清二楚，他們的日子顯然過得相當可以，可能正是拜觀光營地之賜吧。

導遊群像

美國的印度旅行社為我們一路安排了地陪，從小夥子到老大爺各個年齡層都有，清一色男性——在印度除了空服員，職場很少見女性，連服務行業也是。阿旃陀和埃洛拉的導遊又老又胖，走幾個台階就氣喘吁吁；但有幾十年的豐富導遊經驗，博聞廣識，而且英語極好。每到一處生動詳盡的解說完畢，就讓我們自行爬高下低；待我們筋疲力竭出來之後，他已養精蓄銳再作補充說明回答疑問。這兩處洞窟是此行的精華重點，碰上好導遊是運氣。

齋普爾的導遊年紀還輕，喜歡跟我們聊家常。他告訴我們，他的太太是大學教育系畢業，卻不敢出去工作，因為要搭車到比較偏遠的小學去，一個年輕女子怕路上不安全。之前不久正是印度殘酷的輪暴案接二連三發生，相信他沒有過慮。這個世上第二人口大國，卻至少有一半的勞動力是形同虛置的，這是何等的浪費！

最無厘頭的是歐恰的導遊。若不是為著乘火車，我們是不會到歐恰這個地方的。歐恰城堡雖然當年建造時也很壯觀美麗，可是當地大概相當窮困，城堡年久失修，可觀性不大。看藩王和后妃家徒四壁的寢宮，浴廁是地上一個坑洞，不禁失笑。地陪是個過度熱忱的小個子男人，每到一個廳房樓閣，就要我們在戶外烈日下先聽他講解之後才准進去參觀。不幸他的英語口音重得實在難以聽懂，東張西望也被他叫住聽講，開溜更被叫回來，簡直想跟他求饒。

好不容易熬過那個下午，我們要乘火車去阿格拉，他得送我們上火車。印度火車當然不準時，這班車雖然外型可以進火車博物館但功能還行，只遲到四十分鐘。導遊盡責任的陪我們候車——在印度任何計畫之外的事都有可能發生，沒有他陪到平安上車是不行的。於是他東拉西扯的跟我聊天，到我開始適應他的口音、聽得懂他的英文時麻煩才來。他告訴我剛開過刀，花了一百萬盧比，欠下很多債，問我能不能幫助他去美國賺錢？我說恐怕沒辦法，他堅持說「我什麼工作都可以做」，然後信誓旦旦試圖說服我。為了不想他繼續糾纏，我取出「愛拍」做自己的事。他眼睛一亮，問我能不能回美國之後幫他買一個同樣的愛拍，或者迷你愛拍也可以，「以後會慢慢還妳錢。」我說這不好辦吧，而且你知道愛拍是什麼價錢嗎？他聽了之後想想，就要求我把這個愛拍打個折扣讓給他。我簡直啼笑皆非，只好半開玩笑的說：我的愛拍裡有很多珍貴的檔案，出讓價錢起碼加倍。他興致索然不再理會我，從此直到火車來，我總算耳根清淨。

我說過印度永遠充滿驚奇。見識過歐恰的導遊之後，我們開始對旅行社僱用的導遊素質產生疑慮，這時就出現了阿格拉的博士導遊，一位我走了世界許多地方也少見的人才。首先，他儀表堂堂，起碼一米九高，器宇軒昂，態度不卑不亢，英語流利非常。去到泰姬陵，一聽他開口解說，就發現他的學養見識不是一般導遊水平。泰姬陵我們都去過，丈夫還去過不止一次，但聽他解說竟還有未曾知道的知識。再談下去才知道他不僅是美國大學畢業，而且有博士學位，專攻古建築學。我們聽得非常愉快，但他並未喋喋不休，過一陣就會給我們一段悠閒安靜的時間，容我們靜靜體會泰姬陵優雅肅穆的美。他離去以後我們的司機才用尊敬的口吻說：他是一位婆羅門。那是印度種姓制度裡最高的一等，司機的口吻像在提及一位王子。

我第一次去泰姬陵的那名導遊也算能言善道，曾說過一句名言：「世界上只有兩種人：到過泰姬陵的，和沒有到過泰姬陵的。」我將這話說給這位「超級導遊」聽，連他都佩服。

我所到過的世界各地，來機場或車站接送的導遊，看到客人手忙腳亂對付箱籠行囊，都會很自然的伸手相幫，唯獨印度的導遊眼睜睜地看著我們跟行李掙扎，卻一根手指也不動。我正在氣不過，導遊解釋了：這是受僱腳夫的專職，他如果出手就是搶人生意斷人生路，以後別想再進車站大門。我們只好入境隨俗，僱了腳夫把行李交出去。明明可以省力拖的大皮箱，腳夫全扛在頭頂上，頭上三個、肩膀上掛一個、手上拎一個，就把三人的行李搞定了。

上一次和丈夫去印度，司機兼導遊是位沉默謙和的耆那教徒。幾天下來彼此熟了，他問了我一個私人問題：太太和先生是媒妁之言（arranged marriage）還是自由戀愛（love marriage）結婚的？我覺得他問得有意思，故意反問他：你猜呢？他毫不遲疑：一定是媒妁之言。我問何以見得？他的回答很妙：先生和太太一路上都不吵架，只有媒妁之言的夫妻才這樣，對不對？我沒有回答他而只是大笑，他一定以為自己觀察入微，猜對了。

時間和耐心

印度的店主也是一景，全都能言善道，戲劇性十足。最難忘的是那位地毯店的老闆對我用詩一般的語言說：「把它帶回家去吧，讓它走進妳的記憶之巷……」我說我真的不想買，不要浪費你的時間了，他搖頭晃腦的說（印度人搖頭是肯定的表示，可別當作是拒絕）：「沒關係的，我們印度人最不缺的就是時間，和耐性。」

一家頗具規模的大理石店，包著頭巾、留著兜腮鬍鬚的錫克店主極具威儀，不像生意人倒像個政治人物；我們喝了幾杯奶茶、看了一大堆精美的鑲嵌大理石，卻一樣也沒買，他也只是矜持的微笑送客。

小首飾店主則委曲求全，信誓旦旦：「太太，這耳環若不是純銀的，妳可以把鞋丟到我臉上！」這可比賭咒罰誓了，在印度和中東，鞋子上臉可是莫大的羞辱。還有教我們穿紗麗的布店年輕夥計，有幾分羞澀又極其認真，把我和女友兩人一紅一藍仔細地包裹起來；不過我們後來都沒買，因為沒有了他我們可不會自己裹紗麗。出了店門我和女友都覺得有些抱歉，但想到當時店裡並沒有別的顧客，他們在店裡也沒別的事可做，把兩位女顧客包裹起來也算是打發時間吧。

在美國我們有位印度朋友，為兒子慶祝一周歲生日（這在印度家庭可是重大的日子），邀請了我們和兩家日本人，以及許多他們的印度親友，包下一家印度餐館舉行慶生晚宴。請帖上寫的時間是下午六點，我們六點七分到達，空洞洞的餐館裡，兩名員工正在布置場地，看到我們彼此都以為走錯了地方。三分鐘後，兩家日本人到達。六點半，總算有一家印度人出現，但不是主人家。六點四十五分，主人夫婦抱著小壽星出現。七點半以後，其他的印度賓客陸續來到，自助餐才開始上菜。八點左右才是大部分賓客不慌不忙的蒞臨時段。

我後來發現：六點半到達的那家印度太太是唯一穿西式服裝、並且與我們以英語交談的；後來的印度女眷都穿著美麗的紗麗，只理會她們的同胞。宴會的主人來到西方國家也有幾年了，還是位科學家，我們原以為他的「西化」程度應該很深了；但經此一役，才驚覺自己對印度的認識還是不夠。那位地毯店老闆對我說的名言「我們印度人最不缺的就是時間和耐心」，此時更顯現意義了。

「印度治好了我的憂鬱症！」

我們三人一團，到每個地方都有旅行社安排好的車、司機和導遊，所以沒有什麼機會遇到其他遊客，尤其是同胞。只有從卡朱拉侯出來，乘車走小公路的途中，在一處英國殖民地時代的莊園午餐，那裡除了大餐廳還有室外喝茶的草坪、景觀甚佳的天台，用來作為旅遊團的歇腳處，才有機會遇見其他團和幾位說華語的同胞。

其中一位來自中國西南的中年女士，像是他鄉遇故知般的跟我聊上了。她告訴我：丈夫要跟她離婚，她因此患上了憂鬱症，決定出來旅行散心。自從來到印度，看見這許多的人過的是難以想像的貧窮日子，相比之下覺得自己婚姻不如意實在沒什麼大不了。她說：「妳看，我現在在笑，來印度之前有很長久的時間我已經不會笑了。印度治好了我的憂鬱症！」

我想到近幾十年來，西方人到東方探索哲學、宗教和性靈，到印度尋找人生的真諦，文學和電影不乏這類題材，不過都不及這位女士如此直截了當。作為百年殖民主的英國人，對印度情意結最難解，多少文學作品描述這顆「皇冠上的寶石」，即使到今天仍然不能忘情，只是少了些那份居高臨下的殖民優越感吧。前年有一部極受歡迎的英國喜劇電影《金盞花大酒店》（*The Best Exotic Marigold Hotel*），演的是幾個負擔不起退休後生計的英國老頭老太，決定搬去生活廉宜的印度居住，有限的老本夠他們在那裡度餘生。雖是喜劇，日暮途窮的大英帝國子民如此走完人生最後一段，還是未免淒涼。

當然，印度也在改變中，雖然步伐緩慢：十多年前來印度，齋浦爾和德里之間的公路只有兩條線道，車輛隨心所欲靠左或靠右行駛，驚險的情狀讓我一路擔心無法活著回家。當時的公路上有從容漫步的大象、山羊、駱駝、孔雀、聖牛，路邊還有如假包換的眼鏡蛇；我一走近，地攤上的弄蛇人吹起長笛，蛇就從竹簍裡探起頭來。現在這條公路擴大了，動物少見了，雖然車輛更形擁擠，至少大貨車沒有衝著我迎面而來。觀光點果然還有蛇攤，攤主懶洋洋吹起幾個音，我走過去一看，竹簍裡文風不動的立著一條——塑膠假蛇！

錫克廟

我們對印度人中那些包著頭巾的錫克人（Sikhs）很有興趣，在德里就專程參觀了錫克廟。其實所謂錫克人並非一個人種，而是指錫克教的信徒。在以印度教為主的印度，錫克教徒只有總人口的百分之二都不到，可是政府官員裡的比例竟高達五分之一；現在的總理辛格就是錫克人，Singh 是錫克男性通用的姓。

記得從前上海人叫印度人「紅頭阿三」，這當然是帶有歧視意味的稱呼，而這「紅頭」的由來就是錫克人頭上包的頭巾——錫克男人不得剪髮剃鬚，頭髮一定要用長巾纏包起來。那時許多錫克人在上海租界做保安或門房的工作，中國人便以為印度人全都是這個打扮。

錫克教義相信眾生平等，所以反對種姓制度，也不歧視婦女。他們財力雄厚，寺廟多是金碧輝煌，而且慷慨布施，為大眾提供食物和醫療，即使不是他們的教眾也不排斥。因為這個緣故，我對他們很有好感，希望多了解一些。

參觀錫克廟沒有嚴格的規矩，只需包上他們提供的橙色頭巾、脫掉鞋子，聽取簡單的解說之後就可以進入參觀。他們重視潔淨，園區一定有一口極大、極乾淨的水池。每天不知要提供多少人飲食的廚房大得像球場，也是非常乾淨敞亮，這在印度實在少見。婦女在裡面一邊工作一邊談笑，小孩子就在空曠的磨石子地上玩耍。有個男人在發放看起來像奶油酥餅似的東西，我好奇上前取了一塊吃下——這在印度其他地方是絕對不敢的。

錫克，還有帕西（Parsi，原為波斯拜火教移民到印度的後人），在印度的人口和宗教信仰上都是少數，卻是經濟實力強大的團體。帕西人以慈善捐助慷慨著稱，而錫克的團結和對族人的福利照顧且兼及他人，在印度這個人口眾多的超大國家裡，是一股並不微小的正面力量。

龍與象

想跟印度人打交道，就算不去印度也有很多機會。在美國，通過電話提供電腦維修、訂票或查帳等服務的常是萬里外的印度人，口音不大好懂但態度一般不錯，知識也到位。我住在加州「矽谷」一帶，這裡印度人口眾多，我們有時還造訪印度雜貨店，買些道地的香料。矽谷的ＩＣ（集成電路）工業，Ｉ和Ｃ兩字母就被戲稱是代表「印度」和「中國」——沒有這兩大民族分別承擔電腦軟體和硬體的重任，很可能就沒有這裡的ＩＣ工業，甚至沒有矽谷這個地方了。

India 和 China 這兩大至今存在的古文明，當然時時處處被比較著，彼此更難免有相互較量的意味。

我們在中國大陸和台灣旅行，已經視無遠弗屆的鐵路和準點的班車為理所當然，還有高速動車和高鐵；在印度也想體驗浪漫的火車之旅，卻發現全國的火車軌道寬窄不一，買票乘車都不簡單，誤點更是常事。可是周遭廿一世紀的印度人，似乎對許多上個世紀、甚至更久遠之前的現象，並沒有太多的焦慮。這個民族沒有把聰明才智放在科舉

1. 鹿野苑裡的「園丁」。
2. 隨地而坐的行者。

八股文上，卻極擅長抽象思考，據說「零」的觀念就是印度人發明的。也許因為如此，他們對時間的觀念也不大一樣，「我們印度人最不缺的就是時間和耐心」那句名言真是其來有自的。

印度是民主國家，官員民選，所以街頭各色各樣候選人的廣告牌特多。但很大比例的選民不識字，候選人的照片就很重要。我們在印度從南到北，街頭路邊甚至大小車輛上，無處不見一大群人頭照片，一問全是各色各樣選舉的候選人；有俊男美女，也有不少穿金戴銀像土豪或者黑道老大的人物，簡直令人眼花撩亂。我心想老百姓真的搞得清楚這些人嗎？住貧民窟的人和住豪宅的人一樣都有投票權，但這些照片裡的人有真的能為他們解決問題嗎？

語言文字不統一，也是這個大國的頭痛問題之一。雖說聯邦政府欽定印度語和英語，到了地方上還是要輔以第三種當地語文；而且憲法條款裡的法定語言有二十二種，更不用說成百上千的方言了。像泰戈爾的詩，多數就是以他的母語孟加拉語寫成的。雖然法律上否定了種姓階級制度，但實際上還普遍存在，導致的社會地位和性別不平等的問題，也反映在時常可見的社會新聞裡。

這個奇妙的國家，一方面可以放衛星爆核彈，前不久還送了太空船去繞火星；可同時卻發生一則鬧劇：一位印度教大師夢到北方邦某處宮殿地下藏有千噸黃金，報告給地方政府，政府還真的大動干戈去挖掘——當然是徒勞無功。中世紀與廿一世紀並存不悖，也正是印度迷人的文化和風情之處。

龍與象都在長遠的歷史長河中跋涉，有過無數顛躓卻從未湮沒。這兩大神獸如果互鬥，不免兩敗俱傷讓漁翁得利；若相輔相成，則豈止是矽谷的ＩＣ盛事而已！

二〇一四歲首於美國加州史丹福

第四部

詩與光影：內心世界

密哈波橋

原本應該四月中去巴黎，那時的巴黎該還有點春寒料峭的況味；沒想到冰島火山爆發，歐洲空運大亂，我的行程也只好往後推延。一個多月之後成行，巴黎已是初夏了。

上路前就下定決心：這回無論如何也要去密哈波橋上走一趟。到過巴黎許多次，橋也走了不少座，卻從來不曾去過這座橋——也許從橋下經過：許多年前第一次去巴黎，獨自一人傻傻的跳上一艘遊河船，沿著賽納河一座座橋下穿過，解說有如耳邊風，根本沒把那些橋們弄清楚。

後來我對橋發生濃厚的興趣，近些年常去中國江南，看了許多水鄉的古鎮小橋；威尼斯、布拉格的橋也畫了不少，才想到竟然沒有看過密哈波橋——想看它當然是為了阿波里奈爾的那首膾炙人口的情詩〈Le Pont Mirabeau〉（密哈波橋）。

說起阿波里奈爾，我竟是因為一幅畫像對他產生興趣的——不要誤會，其實這位詩人的尊容完全說不上英俊。很多年前，紐約現代美術館有個Henri Rousseau（盧梭，不過法文發音比較接近「胡說」）的特別展，其中一幅畫〈繆司在給予詩人靈感〉非常有趣：一男一女並立，男的面色虔敬，一手執筆一手持紙；女的高大肥胖，神態威嚴，右手指天，左手搭在男的背上好似在給他加持。我一見這兩位畫中人就覺得親切可愛，看了說明得知他倆正是詩人阿波里奈爾和他的女友、女畫家Marie Laurencin——當時藝術圈裡眾所周知她就是詩人的情人、靈感來源的繆司。想來繆司女神應該是仙風道骨的，怎會如此壯碩？據說本人甚為苗條的Marie向「胡說」抗議把她畫得那麼胖，畫家的回答令人絕倒：「阿波里奈爾是個偉大的詩人，他需要一位胖繆司！」

可惜才子短命，阿波里奈爾只活到三十八歲。他的〈密哈波橋〉詩寫於一九一二年，那時橋才建成十多年，是當時全巴黎最長最高的橋，也難怪情侶要在橋上觀景談心呢。

這首追挽流逝之愛的情詩，百年來在世間傳誦不絕。我一讀到英譯就喜歡不已，拿著原文央請一位法國女友一遍遍朗誦給我聽。現在拜高科技之賜，上網就可以聆聽各方人士（包括詩人自己）以不同的聲調風格吟誦，甚至配樂演唱，再也不必擔心想聽的時候找不到人念了。

巴黎的朋友聽說我要去看密哈波橋就先給心理準備，叫我不要期待太高：這座橋很醜的。我想再醜也要看一眼，於是乘地鐵在河北岸下車，摸索了一陣果然看見一座平直的長橋，橋端石上鐫刻著「Pont Mirabeau 1893-1896」，確定沒有認錯橋才走上去。

這是一座草綠色的鐵橋，橋上除了欄杆什麼裝飾也沒有，遠不及賽納河上幾座著名的石頭橋討喜。但欄杆的花色並不算難看，而且最特別的是橋墩的四座女神雕像：巴黎、導航、豐足和貿易，各有不同的容貌姿態，美麗而生動。可惜她們是給來往船隻看的，橋上的行人反而難以正視她們的全貌。

走在橋上當然會想著詩句，尤其是最迷人的、重複了四次的那段：

讓夜晚降臨時鐘鳴響　　Vienne la nuit sonne l'heure
時日流逝我依然在此　　Les jours s'en vont je demeure

似乎不論古今中外，流水總會帶給人時間流逝的聯想。

慢慢走過一七三米長的橋，到了南岸就有階梯可以下到河邊，眺望四座女神像就容易了。沿河往東再走一小段路，還可以遠遠看到自由女神像的本尊。到這時我已經一點也不覺得這座橋醜了。

阿波里奈爾長眠在拉雪茲神甫墓園，那裡我以前去過，但沒有找過他。照片中他的墓碑很別緻，是一塊形狀不整齊的瘦高的石頭。有朋友取笑我喜歡到處上文學家的墳，不過我沒有去上阿波里奈爾的墳——上過他的橋就足夠了。一百年前，詩人和他的繆司曾經走過，橋下的河水和他們的愛情流過，而時日流逝，詩句依然在此……

〈密哈波橋〉寫於一九一二年，橋才建成十多年，是當時巴黎最長最高的橋，情侶都要在橋上談心觀景。

你帶手絹了嗎？

出生在羅馬尼亞的德裔女作家荷塔．穆勒（Herta Müller），二〇〇九年接受諾貝爾文學獎的致詞，開頭第一句就是「你帶手絹了嗎？」

演講的題目是「詞語的惡性循環」，可是從開頭到結尾，貫穿全文的意象卻是手絹。「你帶手絹了嗎？」每天早上穆勒出門前，她的母親都在門口這麼問她。她故意不帶，等母親問了，再回屋裡拿。每天，她讓母親用這句問話帶出溫柔的關心。不擅於流露情感的母親，提醒女兒帶手絹就是她表達關愛的方式；女兒帶著手絹出門，感覺就像母親在身邊一樣。

有一天，在她離開那個極權統治的國家之前不久，村子裡的警察上門來要把她母親帶走。母親到了門口想到沒帶手絹，警察雖然很不耐煩，竟還是讓她回屋裡取了。這條手絹陪伴母親到警局，度過她被拘留的難熬時光。

手絹可以作很多用途。穆勒細數手絹的「萬能」功用：打噴嚏，流鼻血，手、胳膊肘或膝蓋受傷，哭或忍住不哭時咬著，濕手絹放在額頭上可以治頭疼，四角紮起來可以戴在頭上防曬遮雨，打個結可以幫助提醒記事，提重物時用來纏手，告別時可以揮舞，然後用來拭淚。在她的家鄉，人死在家裡，家人會在他下巴上綁一條手絹，免得他僵直後嘴巴打開。如果有人死在路邊，過路人就用手絹蓋住他的臉……

穆勒的手絹溫柔又悲傷。在講演的最後，她重複開頭母親的這句話：你帶手絹了嗎？她說：可能這句問話根本無關乎手絹，而是關乎人的最深刻的孤獨。

然而手絹對我，卻是逝去歲月裡一方親切柔美的風景。

小時候，媽媽和周遭的孃孃、阿姨們，沒有不帶著手絹的。若是穿著旗袍，襟上就掖一條花手絹，有的還灑上幾滴花露水，抖開來就散發幽幽的香氣。時髦的阿姨穿無袖旗袍，手絹掖在靠近腋下的袖口，現在想起來是一種含蓄的性感。我喜歡悄悄在一旁聽她們談心，年輕的孃孃秀氣地用手絹捂著嘴笑；也瞥見過她們一邊細細的訴說，一邊用手絹抹眼淚。

小學每天早晨檢查衛生，也就是檢查手帕和口罩。制服的裙腰上有個像褲腰上的褲帶圈，不過是橫的，用來掛摺起來的手帕——在學校，那塊方巾叫手帕。唯有那質地細緻印帶著花樣的、有的還綴著花邊的，才是手絹。把薄薄的手絹摺起來夾在書裡，讀書的時候有手絹可用，又能當書籤。少女用自己心愛的手絹時自然會變得優雅起來，輕輕點拭鼻尖的汗珠——或者，有過那樣的時刻，忍不住的淚珠。

後來用手絹或者手帕的人越來越少，少到幾乎沒有了。早在我二十年前的小說裡已經寫了一個稀有的、帶著手帕的男人。當他掏出一條潔白的手帕遞給那個拒絕了他的女子時，不免黯然自嘲：「我是個老了、過了時的男人。」我寫下這話時很覺不忍。

我的女友東妮是個纖細而優雅的女子，朋友中只有她，還在用著細緻的手絹，而且還是不斷的送手絹給我。我沒有習慣用也捨不得用，那些美麗的手絹，細紗的，抽絲的，繡花的……靜靜的，柔柔的，摺疊在我的抽屜裡。

跟穆勒一樣，東妮也出生在羅馬尼亞，不過很早就離開了。不同的族裔、不同的經歷，手絹對於她倆卻有著同樣的意義吧。我的童年是另一個遙遠的世界，可是我們各自都擁有一方關於手絹的記憶——完全不相似的記憶，但我們都同樣熟悉當手絹拂過記憶時的那種溫柔和悲傷。

摘棉花
——一個關於記憶的故事

一個嬌小的金髮女子，和一個高大的黑種男人，除了年齡相同以及兩人都住在美國北卡州以外，毫無其他任何共同點。然而他們是摯友和夥伴，合寫了一本書，並且一同到全美各地旅行，巡迴演說……是甚麼促成兩個生命的交集？

或許可以這麼說：這是一個關於記憶的故事。

那本書是二〇〇九年美國的暢銷書，書名叫 Picking Cotton——摘棉花。這是個雙關語：除了字面的「摘棉花」，Cotton 是人名，就是這個黑人的名字，考頓；picking 有指認的意思，在這裡是指罪犯被證人指認出來。而「摘棉花」原本是美國蓄奴時代，從非洲販來的黑奴的主要工作。

他倆生命交集在四分之一個世紀前。一九八四年夏天的一個深夜裡，還是個大學生的珍妮，在住處被一個闖進來的黑人持刀強暴。即便身在被侵犯的恐懼和痛苦中，珍妮還是牢牢記住了這人的相貌。事後警方根據她的描述繪製了嫌犯的圖像，然後根據圖像拘留了幾名形跡可疑的人，照了像；珍妮依據相片指出嫌犯，警方便逮捕了這個名叫考頓的年輕黑人。當一排罪嫌站在面前要她指認時，珍妮一眼就認出他來，並且深信自己絕無可能認錯人。

考頓雖然堅稱自己無罪，但珍妮的指認確鑿，這個貧窮的黑人請不起好律師為他辯護，於是被判終身監禁外加五十年。更糟的是：另一樁類似的強暴和盜竊案也扣到他頭上，於是又是無期徒刑外加五十五年——也就是說，兩個終生刑期加上一百零五年，考頓就算活上三輩子也絕無可能出獄了。

坐了十一年牢之後，考頓聽聞一種新的科學測試可以證明他的無辜，於是要求重審。果然，經由現場證物的ＤＮＡ比對之下，發現他並不是強暴珍妮的人；而且警方也找到了那名真正的罪犯——他跟考頓確是頗為相像。

珍妮聽到這個消息真如五雷轟頂，內心登時充滿罪咎之感。經過一番掙扎，她終於鼓起勇氣去見考頓，要求他的原諒。對於這個幾乎毀了他一生的女人，考頓選擇了寬恕。他倆竟然結為朋友，並且開始合作進行一件極有意義的事：合寫一本書，讓世人知道他們的故事：法治大國的冤獄，他們受到的傷害、羞辱、冤屈，其後的和解與寬恕，覺悟與補償。

這本書，*Picking Cotton: Our Memoir of Injustice and Redemption*（指認考頓——我們對於不公與救贖的回憶），第一部分是珍妮被強暴的恐怖回憶，及隨後指認強暴犯的經歷；第二部分是考頓的奇冤：十一年的黑牢，一個貧窮的黑人蒼天無告的絕境，一而再的司法冤獄……。第三部分則是最令人動容的「救贖」：通過寬恕，這兩個人建立起一份獨特的友誼，藉這本書發聲，提醒人們注意僅靠人證的審判方式可能存在的缺失，呼籲公眾的同情與支持，來推動建立一個更完善的司法制度。他們接受主流媒體的訪談，到法律和人權機構演說，以自身的痛苦與創傷作為見證，希望悲劇不再重演。

這樁冤獄不僅喚起司法界的重視，也引發心理學者的探討。珍妮以為自己的記憶絕對可靠，其實那只是尚未凝固的短期記憶，當她看見警方繪製的圖像和因之獲得的照片時，她沒有意識到自己的短期記憶已經轉換成了照片中的影像，以致當她見到考頓時便斬釘截鐵的指認他。人的記憶是否絕對可靠？人會誤製記憶，記憶也會誤導人；當記憶出現謬誤，當審判僅僅取決於所謂目擊證人根據記憶而言之鑿鑿的指證，冤枉無辜的可能性是絕對存在的。

幸而考頓沒有被判死刑，否則他將永無沉冤昭雪之日。所以關於死刑的爭論，即使不牽涉到倫理和人道的層次，也應考慮冤枉錯殺於萬一的可能。是人，就會犯錯——即使是我們最信賴的記憶，有時也會欺蒙我們。

十九號房間

朵麗思，打開十九號房間的房門，讓我們看見一個女子，看見自己。

To Room Nineteen，小說一開頭就說：「這是一個關於理智失靈了的故事。」在這個故事裡，一切的合理與智力——intelligence，不但發揮不了作用，而且眼看一個悲劇成形卻無能為力。

羅林斯夫婦的婚姻簡直是天作之合，兩個漂亮聰明匹配的人，過著平穩幸福的婚姻生活，住在寬敞的白色洋房裡，有個美麗的大花園，生了四個健康活潑的小孩（而且是再平衡也沒有的兩男兩女）……，一切都是合理的，太合理了。

可是蘇珊．羅林斯需要一間屬於她自己的房間。正如維吉妮亞．吳爾芙寫過的那樣。她要一個自己的地方，在那裡她可以做她自己，而不是在別人的規範和要求之下的，一個理所當然的全職家庭婦女，無懈可擊的賢妻良母；一個「理智」的角色，別無其他。

於是她做了一件極不「理性」的事：找到一家簡陋的小旅館，租下一間房，每天下午去待上一陣，什麼也不做——就做她自己。

她那非常理性的丈夫，發現了她的詭異行蹤之後，只能從自己的邏輯思路推論斷定：妻子有了外遇。蘇珊知道丈夫永遠無法理解，多說無益，乾脆將錯就錯承認正是有了外遇，甚至編造一個子虛烏有的情人的名字。

但她實在沒有精力再去扮演這樣一個更可笑的角色。次日回到十九號房間，享受最後寧靜的四個小時，她和她自己，然後躺到床上，在煤氣細細的嘶嘶聲中，漂向一條黑暗的河流……

當我讀到邁可．康寧漢那本向維吉妮亞．吳爾芙致敬的小說《時時刻刻》（*The Hours*），立刻想到《十九號房間》。在《時時刻刻》裡，一個洛杉磯的年輕家庭婦女蘿拉，在「賢妻良母」的平靜外表下，內心卻有著洶湧的激流，窗明几淨的家對她有如枷鎖，她想逃，她迫切需要一個完完全全屬於自己的地方，在那裡她可以讀完吳爾芙的小說《戴洛維夫人》、作夢、做任何事——或者什麼也不做。這一天，她把兒子託給鄰居，開車進城找到一家旅店，鎖上房門，感受完全的自由，她甚至想到可以就此死去——然而她現在還做不到。兩小時後她回去接兒子，煮晚餐為丈夫慶生，彷彿什麼事也不曾發生過。然而她的兒子，那小人兒，竟然敏銳感知到他與母親幾乎剛經歷過一場生離死別。

當蘿拉走進旅店房間，終於有了她自己的一方小天地，那不就正是蘇珊・羅林斯所渴望的嗎——同樣也是一個女子需要「一間自己的房間」而租下一間旅舍的故事。那份對自由的渴求與絕望時的慘烈簡直是驚心動魄。

我無從知道，世間曾有多少女子切切的渴望那樣一間房，卻終其一生未能得到；又有多少是讀了《十九號房間》而動心起念去尋找一間完全屬於自己的房間的……但我知道，許多年前，我也曾經是一個渴望那樣一間房的女子。有一天我終於付諸行動，在鎮上的一棟商業樓宇裡，用非常廉宜的租金租了一間地下小室。一星期有那麼一兩天，在做完家事、丈夫孩子回家之前，我去到那裡消磨兩三個小時，讀書寫字畫畫冥想甚至睡覺或者什麼也不做。一年多之後，我找到心裡的那個房間，知道自己不再需要待在一間沒有窗、看不見藍天的地下室了。

然而每當想到《十九號房間》，心中還是會感到微微的悸動。蘇珊隨著那條黑暗的河流漂流而去，吳爾芙也是讓一條河淹沒帶走了她；而站在岸上的我們是倖存者……。感謝朵麗思。

朵麗思，不疲倦不老去的書寫者。八十八歲那年，有一天買完菜回家下了計程車，發現大批媒體守候在門口，告知她得了諾貝爾文學獎。她好似聽見一則稀鬆平常的新聞，無動於衷的付車錢、拿東西、進家門。記者問她有何感想？她的反應是：「都講了三十年了，沒什麼好激動的。」記者們要求她多少說點什麼，她反問：你告訴我該講什麼？最後在逼問下帶些無奈又不耐煩地說：「我已經得過歐洲所有的獎了。再多一項，就是……（把手一揮），同花大順啦！」

一點也沒有「贏家」的狂喜。她早已有了她自己的房間。

（朵麗思．萊辛，一九一九年十月二十二日生於當時還叫波斯的伊朗，父母都是英國人。兩次結婚又離婚，從三十歲那年二度離婚之後就沒有再婚，「萊辛」是第二任丈夫的姓。二〇一三年十一月十七日在倫敦家中去世。）

科幻小說預言成真

科幻小說在幾十年甚至上百年前，就預言了許多未來世界裡生活的用品工具，其中有不少日後夢想成真——像電話飛機火箭雷達這些，都早已被富有想像力的作家「發明」出來了。而現今的一些新發明，最初很可能就是受到科幻小說的啟發，甚至有的產品連命名都不無關係。

蘋果電腦最近推出的「愛拍」iPad風靡全球，其實科幻小說裡早已出現了——英國科幻作家亞瑟．克拉克（Arthur C. Clarke, 1917-2008）一九六八年的名著《二〇〇一年太空漫遊》（*2001: A Space Odyssey*），書裡就寫到這樣一個「新聞簿」：太空旅人在太空船上看地球新聞，是在一頁紙張大小的平面上閱讀：只要連結到太空船的資訊電路，就可以在「簿」上瀏覽地球上各家電子大報，從許多新聞條目中點選他感興趣的，那篇新聞報導就會從郵票大小變成整頁，讀完之後點回原狀，再點選其他新聞……。這不正是四十多年之後出現的 iPad 嗎？從形狀到功能、到使用方法都極為相像，甚至名稱就叫新聞「拍」（newspad）！

同樣也是這位亞瑟．克拉克，在他一九五六年的科幻小說《城市與星球》（*The City and the Stars*）裡寫到虛擬實境遊戲（virtual reality game）：在未來世界的一個星球上，那裡的居民最喜歡玩的一種遊戲叫做 SAGA（沒錯，就跟現在一種遊戲機同名），玩的人可以進入遊戲的虛幻世界裡探險，不但參與而且可以操控情勢的變化發展，甚至他的朋友們也可以進入參加一道遊戲。在那個世界裡一切栩栩如生，分不清是幻是真，「遊客」可以體驗到真實世界裡辦不到的冒險刺激。

半個世紀之後，這種當時聽起來純屬幻想的好玩事竟然成真了。現在我們不但有本人化身參與的各色各樣遊戲，更有像 Second Life「第二生」那樣，以「分身」投身虛擬世界生活、逼近真實人生的遊戲。Avatar 這個字（中譯阿凡達）在這類遊戲裡，就是指虛擬世界的另一個自我。

然而，說來令人難以置信，這種遊戲竟然可以用在軍事行動上：美國對伊拉克的戰爭，就用上了虛擬實境遊戲——不，正確的說，應該是相反的「實境虛擬」遊戲。前些時看到美國公視電台製作的紀錄片，報導美國對伊拉克（以及阿富汗甚至巴基斯坦）進行的空中轟炸，其中有許多炸彈和飛彈是從無人飛機投擲的；而那些無人飛機的駕駛者，其實遠在七、八千英里之外美國內華達州的軍事基地裡！他們坐在電腦前面，用按鈕遙控正在敵境飛行的無人飛機，凝視著視屏上由飛機監攝的影像，看到地面上有可疑的動靜時，便設定目標、按鈕投下炸彈——完全像玩電腦遊戲一樣。

這些「空軍」毋需具有駕駛轟炸機或戰鬥機的技能，也毋需具有沙漠作戰的軍人的體能，他們只要是電腦虛擬遊戲的高手就好——事實上他們大部分原先都是在國防部開設的遊戲中心玩免費遊戲的青少年，被暗中觀察的軍隊召募人員看上，攀談之後遊說他們從軍、接受虛擬作戰訓練，然後從事這項沒有任何危險性的任務。

這些年輕人雖然知道自己按下投彈的按鈕之後，他殺戮的不再是遊戲機裡那些幻影，而是幾個、幾十個甚至幾百個活生生的人——不但是「敵軍」，也極可能有平民老弱婦孺……。但是習慣了虛擬世界廝殺的遊戲者，在按鈕的那個瞬間，有幾個人還會感覺自己在進行實實在在的血淋淋的屠殺呢？

虛擬實境的遊戲從科幻小說走進了我們的日常生活裡，然後走進了殺戮戰場，從娛樂轉變成「勝之不武」的強力殺傷武器。這樣的轉折，恐怕要使得我們今後閱讀科幻小說時，會感到不寒而慄吧。

隨書而逝的故事

還記得一九九八年那部羅曼蒂克喜劇《電子情書》（*You've Got Mail*）嗎？裡面那家害得小店無法立足的連鎖大書店何等風光，還有那為男女主角牽紅線作「伊媒兒」的AOL也人氣旺盛。然而才十年多一點，全美數一數二的大書店便已風光不再：「博德士」（Borders）宣告破產紛紛關店；「龐諾」集團（Barnes & Noble）靠著有Nook還在苦撐，但怎敵得過亞馬遜和「愛拍」的電子書？連AOL都早已不再是電子郵箱的首選了。滄海桑田，只消十年工夫！

史丹福大學附近的門羅公園市有間著名的書店叫**Kepler's**，我也是那裡的常客；這家成立於一九五五年的書店之所以著名，不僅由於幾十年來是大學附近人文匯聚之處，更因為發生過有點像《電子情書》的故事，但結局更溫馨：作為獨立書屋敵不過連鎖書店，二〇〇五年因財務不支而宣告關門。可是附近的居民太喜歡這間書店了，整個社區——包括書店所在的小城和鄰近史丹福的市鎮，發起了一場拯救書店運動；居民和民間團體出錢出力，竟然幫助書店度過難關，不久之後恢復營業。這是流傳在讀書人之中一則膾炙人口的故事。

如今當連鎖大書店也紛紛面臨倒閉危機時，像 Kepler's 這樣有特色的獨立書屋還能撐多久就難說了；當更厲害的巨浪打來，幾年前的溫馨結局未必能重演。這個如海嘯而來的巨浪就是網上購書和電子書的興起，在這雙重的打擊之下，財大氣粗的連鎖店都快撐不下去，一家小社區書店

鄰近 Marks & Co. 書店舊址的一家倫敦的書店。

的前景就更黯淡了。

在書店岌岌可危的時候，我還想到另一個關於書、愛書人，和書店的溫馨可愛的真實故事：《查令十字路84號》（*84 Charing Cross Road*）——這是一家倫敦舊書店 Marks & Co. 的地址。

二次大戰結束後不久，有位紐約女作家為了找一冊善本書而寫信給這家古籍書店詢問，結果成就了她和書店收購員之間長達二十年的友誼。他倆通了無數封信：他為她搜尋她要的書籍；而她為他、他的家人以及書店的同事們——這些戰後物資匱乏的英國人，郵寄食品、禮物、關懷和溫情。幽默率性而深情的女作家海倫，溫文拘謹而敬業的男店員法蘭克，因書而結緣，因文字而帶出人性中的善良美麗。他們的信函風趣、親切又動人，然而他倆從未見過面。當海倫終於去到倫敦時，法蘭克已經病逝，書店也打烊了。海倫把這段情誼寫成一本書，就用書店的地址作為書名。一九七〇年出版之後數度被改編為舞台劇和電視劇，一九八六年甚至拍成了電影，主角是兩位硬底子巨星安·班克勞馥（Anne Bancroft）和安東尼·霍普金斯（Anthony Hopkins）。沒有纏綿愛情也沒有曲折懸疑的劇情，只是一間書店和兩個愛書人的故事，居然拍出一部相當溫馨雋永的影片。

實體書店因網購而漸趨沒落，像 Kepler's 和 Marks & Co. 這樣的故事，隨著書店的消失和書本的式微，恐怕也成絕響了。但電子書雖說已經侵占了一成的紙本書籍市場，像我這樣愛書的人還是覺得紙本書是無可取代的，因為閱讀享受除了文字之外還有感官的：摩挲審視封面裝幀時的觸覺，瀏覽檢閱字體段落時的視覺，甚至紙張油墨的嗅覺……怎是冷硬的電子書能及的？就像每天早晨走進書房時聞到的那股淡淡的紙與木的氣味，是我心目中最親切美好的「書卷氣」；幾十年時空變換，不同的國度不同的家屋，這股氣味始終未改，實在不可思議。

然而我知道就在不久的將來，一切都會電子化了：逛書店是上網進入虛擬情境，買書是從數位「書架」上點擊，讀書是在一塊平板上閱讀數位化的文字。到那時，「書」的概念對於閱讀者將會是完全不同的了。我們還會有什麼樣的關於「書」的故事呢？

451 度的鄉愁

二〇一二年六月五日，金星穿行地球和太陽之間，從地球上可以看到金星彷彿如一個小黑點移過太陽表面。下次的「金星凌日」天文奇觀要等到二一一七年，也就是一百零五年後才會發生了。

就在這一天，美國科幻小說大師雷．布萊德柏里（Ray Bradbury）在洛杉磯家中逝世。出生於一九二〇年八月的老作家，還差兩個月就滿九十二歲了。他有一個短篇小說就是關於金星的：地球人移民到金星上，發現那裡滂沱大雨下個不停，太陽每七年才出現一兩個小時；那一兩個小時的陽光和藍天，將會是故事中的孩子們童年記憶中唯一的瞬間夏日。很短的小說，有個耐人尋味的題目：〈一天裡的整個夏日〉（All Summer in a Day）。

布萊德柏里的作品最為人熟知的一部當然是一九五三年出版的《華氏 451 度》，一個描述未來世界反智愚民的政權禁書焚書的負面烏托邦故事。（華氏451度是書本的紙張著火燃燒時的溫度。）法國大導演楚浮（Truffaut）一九六六年拍成的電影我在台灣看過，那時還不知道這位原作者，只是對電影裡兩個情景印象深刻：未來世界住家牆上的平板大電視，和最後一幕，逃離迫害的「書人」們（能背誦全本「絕版」書的人，書名就是那人的名字），在世外桃源般下雪的湖畔，喃喃背誦他們喜愛的經典書籍，令人想到行吟澤畔的流放詩人。

其實在那之前我已經讀過布萊德柏里的一篇譯成中文的短篇小說，讀後低迴不已，可是也沒有注意到原作者的名字。那篇小說有個不大尋常的題目，叫〈霧角〉，是一個帶有詩意的哀傷的故事：一座海邊岩石上的燈塔，在霧夜裡響起哀訴般呼喚聲的霧角……於是，應著霧角的呼喚，海上來了一隻恐龍——地球上最後一隻，從史前上古、從百萬年的孤寂，從比牠的孤獨憂傷還深沉的海底，這隻寂寞的恐龍浮現了，誤以為燈塔是同類、霧角是同類亙古的召喚。牠懷著在浩渺時空裡終於找到伴侶的鄉愁和狂喜，發出與霧角相同聲音的共鳴……然而，牠終必遭受最深沉絕望的打擊。

許多年之後，我終於在布萊德柏里的短篇小說集裡讀到〈霧角〉（Fog Horn）的原文。他成為了我最喜愛的科幻小說家，正因為作品中的詩意。

不同於許多一般的科幻小說家，布萊德柏里的小說沒有太多科技的描述——他其實對機關布景的科幻小說並不認同。他否認自己是科幻作家，不止一次說過自己的作品是幻想小說（fantasy）而不是科幻小說（science fiction）——除了《華氏 451 度》那一本是例外。（他對二者區別定義是：科幻小說是可能成真的，而幻想小說是不可能的。所以《華氏 451 度》是科幻，而《火星紀事》和其他的故事是幻想。）《美麗新世界》的作者赫胥黎說得更乾脆：「你自己最清楚不過：你是一個詩人。」那是對布萊德柏里最高的讚美。

這位想像力奇幻瑰麗而文筆優美如詩的作家並沒有上過大學。成長在一九三〇年代美國經濟大蕭條之際，家裡供不起他上大學，於是高中畢業後的十年裡，他白天送報，晚上在洛杉磯加大的圖書館裡看書，在地下室用一部租來的打字機寫小說，十八歲起就在科幻雜誌上發表作品。他早就寫出一篇兩萬多字題目叫〈救火員〉（The Fireman）的小說，多年後他把短篇寫成了長篇，書名便是《華氏 451 度》。

正由於對書的熱愛和對圖書館的感激（他說是圖書館把他養大的），布萊德柏里對於書籍被禁有一份深沉的焦慮，所以寫出《華氏 451 度》這樣的故事——在那個不是太久以後的世界裡，救火員的任務不是撲滅火而是放火——放火燒書。他巧妙地給了原意是消防員的 fireman 這個字另外一個字面上的意思：放火的人。在那個書和文字代表了禁忌和罪惡的負面烏托邦裡，家家戶戶看的是平板大電視上播映的膚淺弱智的洗腦節目，讀的是沒有文字的連環畫。幾十年後的今天看來，難怪他說《華氏451度》是可能成真的科幻小說了！

對於這部經典作品，布萊德柏里說：「我並沒有要預言未來，我只是想要防止它（發生）。」改編成電影開拍之前，他給導演楚浮的建議是：「把核子戰爭那段去掉，沒有必要提核戰威脅，因為真正的威脅來自無知，和缺乏教育。」楚浮接受了他的建議。晚年的他對無所不在的手機、網路和一些高科技的器械都抱著一份疑慮，因為這些東西很可能正是書和文字的天敵。對電子書他也很抗拒，去年他拗不過書商，終於讓步答應《華氏451度》出電子書版，但有一個條件：出版公司要容許圖書館的借閱者免費下載這本書。出版商為他破例首肯了。

布萊德柏里安葬在洛杉磯，據說他的墓碑上的題字是：「華氏451度的作者」。

他出版過幾十部長篇小說和幾百個短篇小說，好些個短篇都可算是經典，有的詩意，有的諷刺，有的幽默，有的充滿童年記憶的鄉愁。長篇裡我最喜歡的《火星紀事》（*Martian Chronicles*），其實是可以獨立成篇分開閱讀的短篇集；而其中的〈第三梯次遠征軍〉就是一個好例子，那正是一個觸及我們內心鄉愁渴望的奇幻又恐怖的短篇小說。故事發生在二〇〇〇年春天（創作當時的半個世紀之後），十六名來自地球的「第三梯次遠征軍」隊員登陸火星後，發現他們來到一個跟自己小時候的故鄉非常相像的小鎮，親切的童年記憶立刻被喚回了。更奇妙的是，從那些熟悉的屋子走出來迎接他們的，竟是自己最思念的那些已經不在世間的親人：父母兄姊、爺爺奶奶……雖然明知詭異，隊員們都無法抗拒骨肉重圓的欣喜和感動，一個個解除武裝隨著親人走進自己的「家」享受天倫之樂……。到了夜裡，隊長神志清明之後才警悟這是火星人「讀心術」的詭計，但已經太遲了。

布萊德柏里也說《火星紀事》不是科幻小說，因為絕無可能成真，所以是幻想小說且更近於希臘神話——而神話是可以流傳很久、很久的。他說對了。

也就有這麼湊巧，前兩天我正讀了六月份第一期的《紐約客》雜誌科幻小說專號，其中有一篇久違了的布萊德柏里寫的短文。沒有想到年過九十的大師還能執筆為文，我懷著欣喜而急切的心情讀完。豈知不久就得知他去世的消息，這篇就是他的最後遺作了。

這篇題為〈帶我回家〉（Take Me Home）的散文講述他五歲（或者更小）的時候，一個夏天的夜晚，祖父帶著他在家門前的草地上燃放「火氣球」（其實就是小型的「天燈」）。他仔細地描述了祖父如何將紅白藍三色的薄紙（那天是七月四日美國國慶）作成的球吹脹，然後點燃掛在底下的小杯裡的乾草；他將紙球捧在手中，注視火苗閃爍的光影在球裡舞動，這是個美麗又悲傷的時刻：祖父溫柔地示意他放手，於是燃亮的紙球就緩緩飛升了，飛過前院的蘋果樹梢，飛過夜晚即將入夢的城鎮，一直往天上飛去最後消失在星空中……。童稚的他仰望著，淚水沿著臉頰流下。那美妙奇幻的情景，觸發了他四分之一個世紀後寫出〈火氣球〉（The Fire Balloons）：登上火星的教士，寄託了他對慈藹的祖父的思念。

布萊德柏里的奇幻故事，其實都在反覆述說那些永不復返的童年夏日的藍天，夜幕低垂後冉冉升空的天燈，載著夢和想像飄往不可知的星球……童年的火氣球，他的書本裡的鄉愁，帶他回家。

二〇一二年六月八日於美國加州史丹福

追憶燦爛夏日

導演楊德昌逝世三年了。

楊德昌去世後不久，我把《牯嶺街少年殺人事件》（*A Brighter Summer Day, 1991*）重看了一次。也是那段時日，我才第一次看到姜文的《陽光燦爛的日子》（*In the Heat of the Sun, 1994*），忽然發現兩者巧合地有許多相互指涉。兩部風格完全不同的電影，卻在幾乎相同的時間（九〇年代初）回溯六〇、七〇年代，那個年代一群同樣年齡的少年——同一個民族同時異地的青春殘酷物語。

在那又壓抑又躁動的年代裡，台北的男孩混太保或者北京的男孩耍流氓就像一個成長的洗禮。可是楊德昌的那一群牯嶺街少年，就是當太保也當得那樣認真那樣大義凜然。我最愛老大「Honey」那個角色，真真是個人物，那份氣質和氣度，哪裡是後來一些黑幫電影裡那批痞子混混能比得上的？把《戰爭與和平》當武俠小說讀，Honey 年輕的滄桑和天真的執著簡直讓人心碎。

主角「小四」也是個執著得讓人心疼的孩子，他殺女友小明竟是為了她「沒出息，不爭氣，不上進，說謊，沒骨氣……」，一連串的悲憤指控，不只對那女孩，更是對他周遭那個世界，那個陌生無情得令他失望透頂的成人世界。那樣樸素的正義感道德感，那一代的人好像多少都有——尤其是少年，可愛又可哀的少年。

「A brighter Summer Day」，來自「貓王」普里斯萊那首〈Are You Lonesome Tonight〉裡的一句唱詞。貓王的美國南方口音有點含混，「a bright summer day」的 bright 最後那個 t 唱重了，被仿唱的台灣中學生聽成「ter」——brighter summer day，不通的英文卻造成意外的效果，一個陽光「更」燦爛的夏日，被用來作了電影的英文名。

牯嶺街社區是那個年代台灣一個切面的縮影：業餘的太保和職業的流氓，唱美國熱門歌曲的中學生，鬱悶的政治大環境，就像「警總」逮人——莫名其妙被抓去的人坐在冰塊上寫自白書，然後也許不知所終，也許莫名其妙被放出來。幾乎每個人都帶著傷痕，海峽這邊或者那邊，成年人或者他們的孩子。

《*A brighter Summer Day*》和《*In the Heat of the Sun*》，兩部電影連英文名都隱隱契合。雖然台北牯嶺街有許多場景是暗淡的夜晚，而北京的大院子總是在革命陽光照耀之下，這些孩子卻全都在晝與夜的邊緣窺視、掙扎、成長，迫不及待卻又遲疑猶豫因而跌跌撞撞的走進那個殘酷的成人世界。兩邊的世界都荒謬到幾乎不真實的地步，而這些孩子們其實已經受傷了，像《陽光燦爛的日子》裡那場在雄壯的〈國際歌〉聲中的街巷混戰，其殘酷與荒誕只是成人世界的微型縮版吧。

先一步走進成人世界的似乎都是女孩。《牯嶺街》裡早熟而墮落的小明令小四失望絕望，刺死她才是對她的挽救和救贖；而《陽光燦爛的日子》裡世故性感的米蘭已經是成人了，她象徵著成人世界的虛幻與遙不可及，於是絕望地愛著她的男孩，他的抗議方式不是小四的憤怒和毀滅，而是變為冷嘲，玩世——跟隨著她的成長的方式。

最有意思的是：台灣六〇年代的那群青少年是如此認真，對比起同時期最認真嚴肅的政治年代的大陸，北京那批少年卻是那等的玩世不恭。原作者王朔和姜文的玩世與楊德昌的嚴肅，其實都是對各自社會的「反動」吧。到了八〇、九〇年代，兩邊的兩群同時異地成長、都曾被時代的烈日灼傷的昔日少年，以各自相似又相異的路徑長成了成年甚至中年人，以他們各自的聲音與方式說出那段難以逼視的陽光下歲月的故事。

楊德昌就像他最後一部電影《一一》裡，那個追尋背後的圖像的孩子，要拍給人看他們看不見的東西……

懷念楊德昌，在一個陽光燦爛的夏日。

二〇一〇年夏

第三條船

明兒在舊金山念研究所時，居然擠出時間參加灣區三項鐵人賽。這種業餘賽既無名更無利可圖，還要自掏腰包付費。除了平素的鍛鍊，賽前一段日子他每天課後趕到海邊，在黑夜裡冒險下水苦練。比賽那天是個深秋大清早，我穿著毛衣站在冷風裡為他加油，看著只穿泳褲的兒子跳進冰冷的海水，心想還好是他自己心甘情願，否則我這做母親的真要心疼壞了。

完成游泳、騎車、跑步三項累得幾乎趴下，兒子卻宣告來年還要參加「游出囚犯島」的比賽！天哪，當年把那些凶神惡煞的重罪犯關在離金門大橋不遠的囚犯島，就是因為那片海域水溫低渦漩險，極難泳渡；兒子的自我挑戰尺度未免太高了吧？我自己是個毫無運動天分和興趣的人，難以體會他做這些為的究竟是什麼——若說是為健身，這些年上健身房，漂亮的肩肌腹肌早已鍛鍊出來了；為青春年代留下難忘的經驗？他愉快難忘的體驗已經很多了，幹麼非得選個這麼辛苦的？既非出於功利之心也無關乎信仰、理想等等崇高情操，那又是來自怎樣的一種精神動力呢？想來只有一個可能：挑戰自己的體能和毅力的極限吧。

想起一則小故事：從前有個皇帝（據說是乾隆）南巡時節，在金山上望着江心許多船隻來往，隨口問一位和尚：「共是幾船？」和尚回說：「只有兩船：一為名，一為利。」這段對話廣為流傳，咸認和尚看透了庸庸碌碌的人間世，方有此說。其實如此功利的說法，不像是出自出家人之口，更不會是有智慧的高僧說出的話。

親情、愛情、友情，甚至追求真理和大愛之情，都不在名、利兩者之中。

舊金山鐵人三項之一：游向珍寶島。

江心那許多船上，必然有歸心似箭的遊子，趕回家見年高的父母、久別的妻子、朝思暮想的兒女、情同手足的故友知交；也會有學子跋涉千里求學解惑，有學者不辭路遙傳道授業；有旅人暢遊三川五岳；甚至一定也有僧侶來往水陸路上行腳求道。這些，為的可都是名利之外的「情」——對人的，對自然的，對真理的。說只有兩條船的那位和尚未必不曾遠行求道，附和這說法的人也未必沒有過為情上路的經驗。但故意要這麼說，表示看得透徹，其實是矯情。

這種非名即利的現實觀，遍布日常周遭一些自認洞明世事、練達人情的言行中。木心寫過一個小故事，是關於穿衣的第三個理由。若干年前，他在上海一家餐廳裡將吃完時，鄰桌來了兩人坐下。中年男子批評青年男子講究衣著，說：「衣著講究，總歸是兩個意思，一個，要漂亮，一個，表示自己有錢。」年輕男子囁嚅說自己也算不上講究嘍，中年男子仍堅持：「世界上但凡講究穿著的，只不過是這兩個目的。」

作者正好食畢，取出紙巾抹了抹嘴，說：「再有第三個——自尊。」語畢，中年者發愣，青年者驚喜，他慢慢走出餐廳。這篇短文的標題叫「我在餐廳中開了一槍」。

就像木心有第三個理由，我也看見第三條，還是為「情」——自尊自重固然是情，整潔悅目的習慣、對會面的對象和場合的尊重，也無一不是一種情。

不是這就是那，不是名就是利，不是虛榮就是炫耀，說的人自覺聰明世故，其實是自囿於自己狹窄的二分法世界裡跳不出來。

名、利、情三條船之外，或許還有一艘難以解釋，無以名之的船——不過也可能還是屬於那第三條船：登山、下海、冒險、獨行曠野、埋頭於寂寞的藝術創作，甚至如我此時的閉門苦寫……就像我家這個年輕人在深秋跳進冰冷的海水裡，為的不也是常人所不解、不取的一份情懷？

時尚猛於虎

我們常以為自己生活在一個自由世界裡，其實並沒有自己以為的那樣自由。是的，我們有不穿制服的自由：制服是集體的象徵、非人性化的東西，所以我們反對。至今我還記得中學畢業那天有多麼快樂，最主要的原因是從此可以不用再剪難看的齊耳短髮、不必再穿校服了。作為愛美的少女，我討厭校服不僅因為它難看，而且覺得制服是壓抑了個體個性，所以對它有反感；畢業之後立即義無反顧的追隨時尚潮流。然而日後才覺悟到：流行、時尚，其實也是類似制服的社會壓力，年輕時的我卻迎合服從，並無怨言。記得當年迷你裙當道時，根本不敢穿長到膝蓋以下的裙子；流行尖頭細跟鞋，誰敢甘冒大不韙穿圓頭粗跟鞋？謝天謝地，現在好像沒有那麼嚴格了，在街上可以看到各種長度的裙子和各種高度的鞋子。

潮流時尚走到極端可以變成可笑甚至可怕的東西，更可怕的是還讓人們相信這是自己自由意志的選擇。現在看到從前日本女人剃掉眉毛、把牙齒染成黑色覺得不可思議，當時可是貴族女子的特權呢。非洲和泰國有些地方還有從小用許多項圈把脖子拉長的習俗，據說這種人都活不長久。但是最恐怖的還是中國的纏足。我的祖母就是小腳，我小時看到總覺害怕：除了尚算健在的拇趾外，其餘四趾被長年包纏嵌進了蜷曲的腳底，整隻腳變成一個弓形的肉團；那種硬生生的骨折筋斷皮肉萎爛的酷刑弄出來的變形肢體，不僅醜陋而且殘忍，真不知是何等變態心理才會稱之為「三寸金蓮」且認為是美。

在現今娛樂和時尚界的西風吹拂下，亞洲人的審美觀多偏向西方美；雖然洋人欣賞東方女子的高顴鳳眼，許多女同胞卻以西方的窄臉高鼻雙眼皮大眼睛為美，不符標準還可以動手術。其實在大唐盛世，時尚美的標準是「東風壓倒西風」的：那時在長安城裡有許多「胡姬」，她們是從中亞順著絲綢之路來到中國的「外勞」，在酒吧擔任賣酒斟酒勸酒的工作，所以李白有「何處可為別，長安青綺門，胡姬招素手，延客醉金樽」這樣的詩句。但當時深目隆鼻的胡姬並不被認為美，有位詩人陸巖夢還用誇張的比喻調侃這種容貌：「眼睛深似湘江水，鼻孔高比華岳山」；以致有時髦女子要動下與今日反其道而行的整容術。

唐《教坊記》裡就有一則有趣的小故事：一位擅長歌舞的顏姓女子，大概有中亞血統，深目雙眼皮；而那時長安城裡的漢人絕大多數還是傳統的杏眼，即所謂「橫波」。

顏女士不知是為了時髦還是想看起來像本地人，平日用特殊的化妝術（「料理」）讓人看不出她與眾不同的雙眼皮。有一天發生了傷心事哭得厲害，把眼部化妝擦掉了，被女僕看見，大吃一驚說：「女主人的眼睛破了！」（見唐《教坊記》〈眼破〉：「有顏大娘，亦善歌舞。眼重，臉深，有異於眾。能料理之，遂若橫波，雖家人不覺也。嘗因兒死，哀哭拭淚，其婢見面，驚曰：『娘子眼破也！』」

顏女士想必還是黑髮黑眼，若是金髮碧眼，像近年在新疆發掘的樓蘭美女那樣，再高明的眼部化妝也瞞不了人了。不過金髮染黑還是比較容易的，不像現在時髦的亞洲青年流行挑染幾撮金髮甚至乾脆滿頭染金，要動用漂白劑。其實東方人老時不但頭髮全白，還會由白轉黃，所以有「黃髮」相對於「垂髫」之說。現在卻是時髦年輕人染黃髮，在街頭從後面看去還以為是洋人——不過也有可能被錯認成極老的同胞。

當時尚流行的審美觀當道時——譬如裹小腳，鮮有特立獨行之士敢冒大不韙公然逆流而行。苛政猛於虎，時尚似乎比苛政還厲害：它讓人們心甘情願的順應潮流，或者明知是被裹脅也不敢抱怨反抗。喜瑪拉雅山麓的小國不丹，規定全民在公眾場合都要穿制服（其實就是他們的傳統服裝）；而不丹是全世界「快樂指數」最高的地方之一，說不定還正因為是不丹人民不必為時尚潮流煩心呢——當然這是玩笑話。

鏡子的故事

孩子小的時候，我觀察他們的學習過程，對於有一件事始終好奇：嬰兒照鏡子，多久之後才明白鏡中形象是他自己？如何得知的？後來讀到研究報告，說十八個月大的幼兒才有鏡中影像是自我的觀念。動物行為學家研究動物照鏡子，發現大部分的靈長類以及海豚、象、豬等動物也有自我的概念，鴿子可以經由訓練學會；奇怪的是我們以為最有靈性的貓和狗，牠們卻始終弄不清楚。

鏡子總是給人神祕的聯想。舊時人家的鏡子平日要用袱布蓋起來，怕小孩照多了被攝走魂魄。少女時聽過神祕的傳言，說午夜對鏡削蘋果就會看到將來要嫁的人，我雖覺無稽卻又好奇又害怕，午夜對鏡總有些惴惴——萬一出現看清楚了，將來見到那人會不會當成鬼不敢嫁了？村上春樹有個短篇小說〈鏡子〉，寫他夜深人靜時分面對鏡子，發現鏡中人其實並非自己的映像，且有仇恨的表情。讀了有些毛骨悚然，此後更不敢在夜深人靜時單獨照鏡子了。

舊時的志怪小說裡也不乏奇詭的鏡子，如元人所撰的《琅嬛記》簡直像科幻小說：有個叫沈愛的人，向漁夫買到一面從水裡打撈起來的鏡子，「時時有人物影，平生所未睹者，往來於鏡內。夜，恆有光……」不就是電視機嗎？

想像力豐富的阿根廷作家波赫士（Jorge Luis Borges）也喜歡寫鏡子。他有一首題為〈鏡子〉的詩：「有時候，在晚間，鏡子漫起霧氣／來自一個人的呼吸，一個未死之人。」令我想起多年前參觀過一棟美國早期殖民時代的小木屋，床畔牆上掛一面有把手的小鏡，解說員說是用來測呼吸的霧氣，判斷床上的人斷氣了沒有。我不禁打個冷顫：那個年代那麼常死人？

童話和神話也喜歡寫鏡子。白雪公主的後母每天照鏡子問誰最美，魔鏡的審美觀竟如此可信嗎？安徒生童話〈雪后〉裡一面邪惡的鏡子摔碎了，碎片飛進孩子的眼睛，於是眼中的世間萬物就變得歪曲醜陋——這是象徵純真年代的喪失。《哈利波特》裡有一面神奇的「欲望之鏡」（Mirror of ERISED—DESIRE 的反寫），人們在那面鏡子裡可以看到自己內心深處的願望成真。身世淒涼的孤兒哈利波特，看到鏡子裡的自己置身慈愛的父母和親人中間，看得痴了過去——然而那是鏡花水月。

希臘神話裡蛇髮女妖美杜莎，見到她臉的人會變成石頭，帕修斯與她搏鬥不敢直視她，就用一面光亮的盾牌作鏡子，從鏡中找到她的影像將她斬首——可見鏡裡出現的惡魔形象不算本尊；而傳說中鬼是沒有鏡中倒影的，又可見鬼魂根本是幻象。

看來我印象中文學裡的鏡子似乎都帶著些神祕甚至陰暗的色彩。其實鏡子象徵的應該是光明，室內裝潢都懂得利用鏡子採光，這個觀念拓展開來，變成了一個巨大的鏡子帶來光明的故事：

義大利阿爾卑斯山麓有個小鎮 Viganella，人口將近兩百。這裡每年從十一月到次年二月初，幾乎有三個月都深陷在近旁高山的陰影中，無法得到直接的日照。幾百年來，鎮民每年二月二日舉行慶典儀式，慶祝漫長黑暗的冬天過去，終於重見光明了。二〇〇六年冬天，鎮民在近旁山上裝了一架八米寬、五米高的巨大鏡子，基座的儀器讓它可以隨著太陽的位置調整方向，把陽光反射到鎮中央的廣場上。設計者是一位設計日規儀的建築師。這項工程耗資十萬歐元，費用由每戶分攤。從此居民的冬日生活完全改觀，甚至吸引了許多觀光客前來見識這面為人們帶來光明的大鏡子。

人與另一個人的關係有時也像照鏡子——彼此親近的人，自身的受想行識與對方互映，相互投射也互相影響；益者越益，損者越損。

快樂遊

我寫的專欄文章〈快樂的十大法則〉，被一位朋友作為賀年電郵的附檔，隨著「新年快樂」的祝福傳出去。現在農曆新年到了，正好讀到一位美國心理諮詢師寫的文章，探討成年人為什麼不像孩子那般快樂？作者認為關鍵在「遊戲」。

孩子玩遊戲是天經地義的事，沒有功利目的，純粹就是樂趣，隨時隨地可以進入情況，玩得不亦樂乎。而成年人即使有時間、有心情，還有那顆「童心」玩遊戲，大概還是免不了感到自己在不務正業，浪費寶貴時間——「業精於勤，荒於嬉」，嬉戲似乎是古今中外皆不以為然之事。

更殺風景的是：成年人即使在遊戲，也往往帶有功利的目的（比如陪上司或客戶打高爾夫球），或者處處競爭、帶著非贏對方不可的心態（男性之間尤其如此），還能有什麼純粹的樂趣？至少也要打個大折扣了。

從孩童長成為成人是一個「失樂園」的過程，不再能純為好玩的、沒有名目不計後果的玩遊戲了。我們都記得童年時與玩伴嬉戲的快樂時光，也會駐足欣賞孩子玩得忘情時發自內心的開懷大笑，然而自己呢？在我們每個人的內心深處仍然有個愛玩愛笑的孩子，但我們不敢輕易放他出來玩笑，因為這是社會規範不允許的。

物質匱乏的童年，連電視機都沒有的年代，孩子們都在戶外玩，充足的陽光空氣泥土，女孩子用樹葉石片當碗碟，盛上碎草泥丸子辦家家酒，玩得認乎其真，興致盎然。男孩子赤手空拳玩騎馬打仗，撿到一根樹枝甚至鳳凰樹的大豆莢作武器更是如虎添翼；直玩到大人一再叫喚甚至揪著耳朵押回家去，才不情不願的散夥——還要相約明天繼續玩。現在的孩子放學之後除了作業還得學習十八般武藝，根本沒有時間玩「沒有用的」遊戲，這是父母親過早的讓孩子失樂園，剝奪了他們應有的快樂——因為做父母的已經忘記如何快樂了。

當我讀到「快樂的事，要不就是不合法的，要不就是會令人發胖的」這樣的話，發出的是會心的微笑，還帶一絲無奈的苦笑。

其實成年人並不需要如此自苦。人生還是有些快樂是既合法、也不一定會令人發胖的，玩遊戲就是其一。心理實驗早已證明：人在緊張壓力下，大腦活動和負面情緒會交互增強，而從事輕鬆遊戲最能有效中止這個惡性循環。

我的「快樂十大法則」第五項，「專注在工作中的人最快樂，隨之而來的成就感也能帶來快樂」，乍看似乎也有「功利目的」的嫌疑；其實專注在一件有興趣的事情上，正是遊戲的真髓。孔子教導弟子要「志於道，據於德，依於仁，游於藝」，最有意思的就是「游」這個字：技藝，藝術，浸淫其中成為享受，成為遊戲，不僅與道、德、仁這些做人處世的重點沒有衝突，而且會帶來極大的樂趣。

小時父母請了一位嚴格的老師教我國畫和書法，我雖然喜歡塗鴉但對水墨畫和魏碑實在提不起興趣，只是當作功課應付交差。長大以後卻無法忘情繪畫，在工作和家庭的夾縫裡抽出時間上繪畫課，才經驗到沉醉在一件深深喜愛的事情中，那份出神忘我的陶醉狀態，真是至高的喜樂。近來開始重新提筆學習書法，抱著不計好壞得失的輕鬆心情，卻是認真不苟的專注下筆，書法課的時間總是過得飛快——因為我快樂。更不用說當我寫作寫得順暢時，那種在藝術的世界裡游泳般的美好感覺，絕對是快樂！

其實，只要能夠欣賞「藝」、漫遊其間，閱讀聆聽感受，也同樣能帶來樂趣。我相信每個人都可以為自己找出一項嗜好，當成一種遊戲，享受一份快樂。在此祝各位新春快樂！

有沒有，要不要
——快樂的十大法則

我寫「臉書」創辦人札克柏格的文章，上了中時的部落格後引發不少討論回響。這個世上最年輕的億萬富豪，在一般人眼中是個成功典範，可是他要什麼？他是不是快樂？只有他自己能回答，也可能連他自己都無法回答，因為快樂很難定義。被問到「你快樂嗎？」可能要遲疑片刻思索答案，但「不快樂」很容易看出跡象——周遭和這個社會上的人，語言和行為暴力的，極端自私的，擾攘不安的，永不饜足的，為得到某些事物不擇手段的……都是不快樂的人。「可惡之人必有其可憐之處」，為什麼可憐？因為此人必然極不快樂，才會做出可惡的事。

最近讀到一篇報導，幾位「快樂心理學」學者為世界各地的人進行抽樣調查，研究金錢、心態、文化、健康、利他、生活習慣等項目與快樂的關係，得到的結論是：在一定的程度上，你可以為自己快樂或不快樂作主。他們總結出十項「快樂法則」，其實很像老生常談，跟我們日常生活觀念和一些宗教倫理的提示說法也很相近。

第一，珍惜平常日子的平常人生，珍惜每一刻。我想這就是佛家教導的「活在當下」吧。

第二，不要跟別人比。「人比人，氣死人」，世上永遠有比不完的人，把所有人當競爭對手是跟自己過不去。專注在自己的進步就好，這正是儒家的「知足常樂」。

第三，越是把金錢的位置放得高的人越難快樂，這幾乎是古今所有文化中的定律；對個人如此，對一個社會也是如此。物質帶來的快樂的「半衰期」最短。佛家的「餓鬼道」就是個很好的象徵：已擁有豐富的收入和儲蓄的人，還要一麻袋一麻袋的把不義之財往家裡搬，就是深陷在永不饜足的餓鬼道裡的可憐靈魂。莊子《逍遙遊》說的好：「鷦鷯巢於深林，不過一枝；鼴鼠飲河，不過滿腹」；物質欲望可以大到無限，但一個人真能享受的物質也不過是一飲一啄，一枝一點。

第四，有既定人生目標的人比沒有目標的人快樂。

第五，專注在工作中的人最快樂，隨之而來的成就感也能帶來快樂。這點是藝術創作者最能深刻體會的。

第六，人際關係——與家人，尤其是夫妻的關係良好，而且有親密的朋友。孔子的

「有朋自遠方來，不亦樂乎？」的快樂。

第七，保持樂觀，即使不想笑也試著微笑，可能會有意想不到的「笑」果。面前的半杯水，你說它是半空還是半滿？就看你怎麼看待。

第八，常說「謝謝」，而且要由衷的說。常懷感恩之心，幾乎是一切宗教的教導。調查發現常寫感謝信的人較不易陷入抑鬱。

第九，多多運動。運動會讓人體分泌令人愉快的內啡肽（endorphins，音譯為安多芬），跟用藥物治療抑鬱症一樣有效，而且不會產生副作用。

第十，「捨」——要能捨，願捨，喜捨。「為善最樂」、「施比受有福」這些「老生常談」都是寶貴人生經驗的總結。生活中的「捨」不但是分享、傾聽、幫助，還包括原諒、寬恕、放下。心中還有尚未和解的恨意之結，怎麼快樂得起來呢？

對「成功」和「快樂」有個簡短的定義我很贊同：success is to have what you want, happiness is to want what you have（擁有了你所想要的，是成功；滿足於你所擁有的，是快樂）。有了還會想再有，沒有就不快樂；可是珍惜喜歡自己所擁有的，即使很少、很短暫，在別人眼中無足輕重，但只要是自己覺得「這正是我要的」，這就是快樂了。

重要的不是有沒有，是要不要。「有沒有」往往很難能夠掌控，但是「要不要」就可以憑自己的意願了。

（二〇一〇年十二月九日新聞報導：臉書創辦人馬克・札克伯格日前與其他十六名富豪，響應巴菲特的善款捐助行動，承諾將捐出至少一半的財產用於慈善事業。）

二〇一五年十二月一日報導：臉書的共同創辦人馬克・札克伯格（Mark Zuckerberg）一日與華裔妻子普莉希拉・陳（Pricilla Chan）宣布女兒瑪絲・札克伯格（Max Zuckerberg）出生的喜訊，並表示將在有生之年捐出他擁有的九九%臉書股票，以改善女兒這一代的生活；他們希望「為女兒及所有孩子創造一個快樂和健康的世界」。馬克・札克伯格所捐的臉書股票總值約有四百五十億美元。他還將在往後三年，每年出售或捐贈最高十億美元股票，給他與妻子創建的慈善機構「陳祖克柏計畫」（Chan Zuckerberg initiative LLC）。

文學叢書 486

那朵花，那座橋

作　　者　李　黎
總 編 輯　初安民
責任編輯　宋敏菁
美術編輯　黃昶憲
校　　對　吳美滿　李　黎　宋敏菁

發 行 人　張書銘
出　　版　INK印刻文學生活雜誌出版有限公司
新北市中和區建一路249號8樓
電話：02-22281626
傳眞：02-22281598
e-mail: ink.book@msa.hinet.net
網　　址　舒讀網 http://www.sudu.cc

法律顧問　巨鼎博達法律事務所
施竣中律師
總 代 理　成陽出版股份有限公司
電話：03-3589000（代表號）
傳眞：03-3556521
郵政劃撥　19000691　成陽出版股份有限公司
印　　刷　海王印刷事業股份有限公司

港澳總經銷　泛華發行代理有限公司
地　　址　香港新界將軍澳工業邨駿昌街7號2樓
電　　話　852-27982220
傳　　眞　852-27965471
網　　址　www.gccd.com.hk

出版日期　2016年5月　初版
ISBN　978-986-387-096-8
定價　280元

國家圖書館出版品預行編目資料

那朵花，那座橋 / 李黎著；--初版，
--新北市中和區：INK印刻文學，2016. 05
面；14.8 × 21公分. --（文學叢書；486）
ISBN 978-986-387-096-8（平裝）
855　105006340